흐릿한 나를 견디는 법

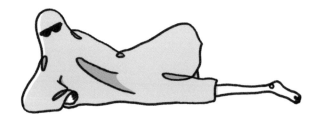

흐릿한 나를 견디는 법

글·그림 쑥

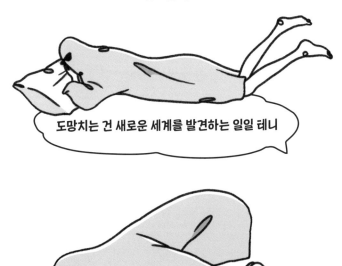

도망치는 건 새로운 세계를 발견하는 일일 테니

빅피시
BIG FISH

매일의 노를 저으며

물 들어올 때
노 젓는 게 아니라,

노는 계속 젓고 있었는데
물이 들어와서 가는 것뿐이래.

미지근한 재능과
숱한 낙오로

미어지는 마음이 여태 선명하다.

몰래 견주어보고
거푸 뒤돌아보며

좌절과 기립을 순환했다.

빠르게 전진하는 이들을
시기했고

미숙한 기량을 부끄러워했다.

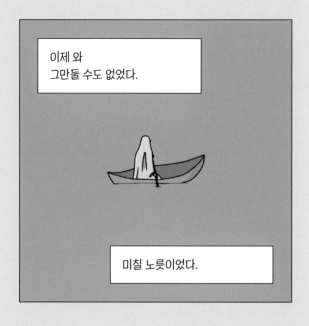

이제 와
그만둘 수도 없었다.

미칠 노릇이었다.

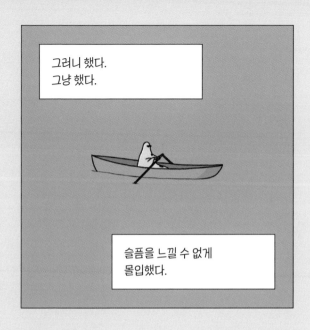

그러니 했다.
그냥 했다.

슬픔을 느낄 수 없게
몰입했다.

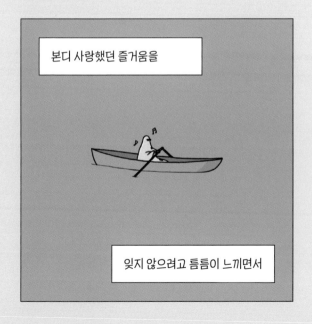

본디 사랑했던 즐거움을

잊지 않으려고 틈틈이 느끼면서

고요하게
노를 저으니

이따금 물이 들어왔고
나지막한 성취와 칭찬을 수확했다.

짜릿함은
강렬하고 찰나여서

나는 또 노를 저어야만 했고
그것이 예전만큼 괴롭지만은 않았다.

언젠가는 빛을 발한다고,
반드시 발한다고

나는 믿으므로.

차례

PART 1

내 세계를 구체화하는 방식

PART 2

행복의

허락

PART 3

그런 날도  있지

PART 4

멋진 사람이 되고 싶어

내 세계를

구체화하는 방식

PART 1

첫 단추

시작이 중요하다는 말에

함부로 시작하지 못해 없어진
결심이 얼마나 많은가.

첫 단추의 무거움을
두려워했다.

첫 단추가 잘못 끼워질까 봐
영영 풀어 헤쳐놓은 셔츠가 몇 벌인가.

시작이 중요하다는 말은
도리어

일단 시작하는 것이 중요하다는 말이라는 걸
너무 나중에 깨달았다.

나에게는 일그러진 완벽주의가 있었다.

너무 많은 걸 미리 계획하고 두려워하여
내딛지 못한 발걸음이 몇 척인가.

시작이 두려웠다.
내딛는 방향, 정도, 완성도가

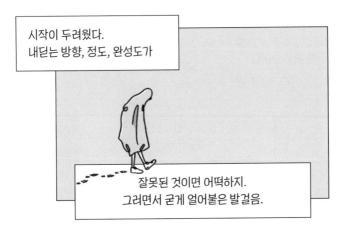

잘못된 것이면 어떡하지.
그러면서 굳게 얼어붙은 발걸음.

내 글이 별로면 어떡하지,
하며 펜을 놓던 날.

내 그림을 우스워하면 어떡하지,
하며 수백 번 지우고 기우다 찢긴 종이들.

거의 매일 쓰고 그린다.
완벽주의 극복을 위해.

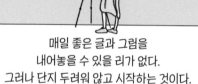

매일 좋은 글과 그림을
내어놓을 수 있을 리가 없다.
그러나 단지 두려워 않고 시작하는 것이다.

어색한 단어와 뭉개진 그림.
그런 것을 발견하면 부끄럽다가도
인정하고야 마는 것이다.

이런 글도 있고 이런 그림도 있다.
나와 나의 부산물은 아주 당연하게도
완벽할 수 없다.

첫 문장이 맘에 안 들면 고치면 그만이다.
팔 한쪽이 어색하면 지우고 그리면 된다.

......

시작하지 않으면
영영 발견되지 못하는 작품만이 있을 뿐이다.

어쨌든 오늘도 쓰고 그렸다.
그러면 된 거다.

나아가지 않는 순간에도

나는 나아가고 있었다.

대충 해도
멋진 걸 만드는 종류의 인간이

너무 되고 싶었다.
될 수 없다는 건 진작 알았고.

그러니까 피땀을 쏟아야 했다.
내내 머릿속에 시뮬레이션을 돌리고

대비하고 실수하고 창피해하고
그럼에도 솟아나면서.

최선을 다하고 싶었다.
후회하고 싶지 않으므로.

떠오르는 불안들을 겹겹이 대비하는 것이
나의 최선이었다.

요령은 없었다.
따지자면 미련했고.

그래도 후회할 수 없이
최선이었다.

나의 노력 중
쓸모없던 것은

단 하나도 없다.

부끄러움이 경험치로,
미련이 요령으로

익는다고 믿어.

이제는 나를 믿고.

유일한 건 슬픈 거야.
그렇지?

서로의 약점이 되는 거.
그건 너무 어려우면서도

알아차리기 어려운 순간
그렇게 된다.

소중한 것은 유일무이하지.
공장에서 똑같이 찍어낸 인형이라도,
남들이 보면 똑같은 걸 또 샀다고 여겨도,
그게 아니지.

'망태'라는 이름을 가진
나의 오랜 인형 친구는 유일하듯이.

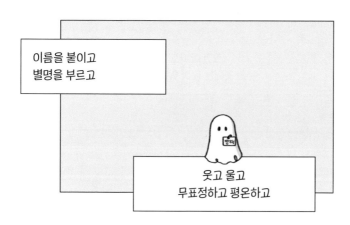

이름을 붙이고
별명을 부르고

웃고 울고
무표정하고 평온하고

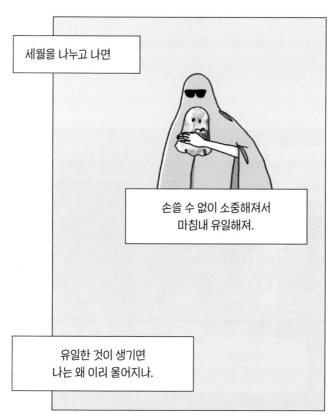

세월을 나누고 나면

손쓸 수 없이 소중해져서
마침내 유일해져.

유일한 것이 생기면
나는 왜 이리 울어지나.

그건 아마도
모든 것에는 끝이 있다는 걸

알기 때문일 거야.
누가 먼저 사라지느냐의 문제일 뿐.

유일한 것은 약점이 된다.
유일한 것은 각별하고

각별한 것은 잃고 싶지 않으므로.
그러니 나를 울리는 것들은 자주 귀한 것들이지.

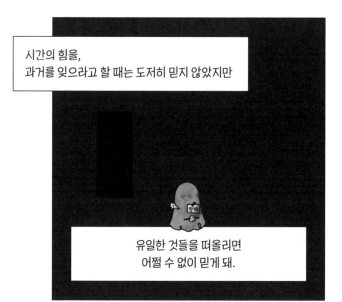

시간의 힘을,
과거를 잊으라고 할 때는 도저히 믿지 않았지만

유일한 것들을 떠올리면
어쩔 수 없이 믿게 돼.

우리는 시간을 나누고

끝내 유일을 나눠서
약점이 된다.

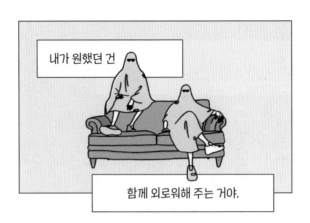

나에게 필요한 건
사랑인 줄 알았는데

그저 나란히 쓸쓸할
사람이 필요했구나.

사랑까지는 아니어도
너의 외로움과

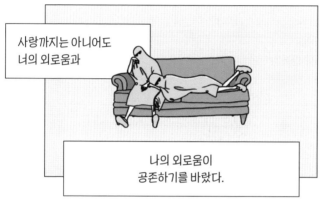

나의 외로움이
공존하기를 바랐다.

그렇지만
매번 쓸쓸을 드러내는

연약한 인간이고 싶지는 않았지.

그래서
시끌벅적한 영상을 켜고

할 일을 한다.
사람 소리를 들으려고.

과자 따위를
와작와작 씹어 삼키며

허기진 마음을
가득 씹어 파괴한다.

애써 잊는 적막.

밤은 그렇게 저물고.

꽃을 이야기하는
낮이 오면

나는 외로움을 잊은 채로
봄이 된다.

꿈의 주머니에
반듯하게 넣었던 것은

번듯한 직업 몇 글자였다.

학급 게시판에 그려 넣었던

우 리 의 꿈

꿈의 모습, 직업의 모습.

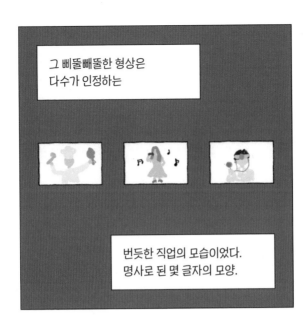

그 삐뚤빼뚤한 형상은
다수가 인정하는

번듯한 직업의 모습이었다.
명사로 된 몇 글자의 모양.

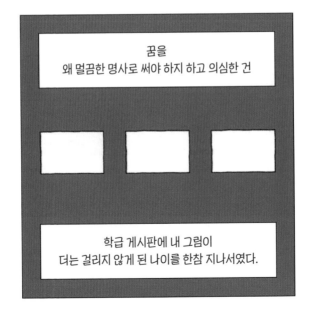

꿈을
왜 멀끔한 명사로 써야 하지 하고 의심한 건

학급 게시판에 내 그림이
더는 걸리지 않게 된 나이를 한참 지나서였다.

생의 형태는 동사다.
'놀다, 활동하다, 쉬다.'

원하는 모양은 형용사다.
'행복하다, 유쾌하다, 평안하다.'

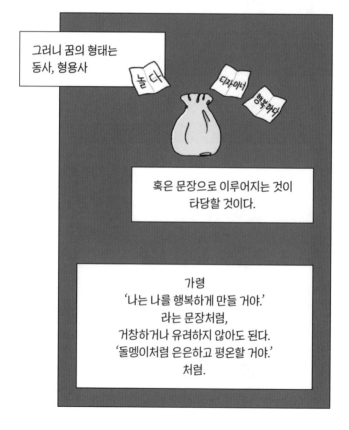

그러니 꿈의 형태는
동사, 형용사

혹은 문장으로 이루어지는 것이
타당할 것이다.

가령
'나는 나를 행복하게 만들 거야.'
라는 문장처럼,
거창하거나 유려하지 않아도 된다.
'돌멩이처럼 은은하고 평온할 거야.'
처럼.

꿈이
선생님, 의사, 디자이너처럼
번듯할 필요도
명사일 필요도 없다.
직업은 꿈의 한 조각일 뿐이며
나 하나 책임질, 괴롭지 않을 모양이면 된다.

직업은 말 그대로 직업일 뿐이다.
직업은 꿈의 수많은 조각 중 하나일 뿐이다.

직업이 유일한 꿈이 되면
언젠가는 삶의 유의미를 의문하게 된다.

관계, 희망, 목표, 직업, 감정, 생의 형태.
그런 것들이 가득한 꿈의 문장을 써본다.

'은은한 불안을 내려놓고,
원하는 일을 포기하지 말되,
내 몸 하나는 내가 책임지자.
사랑하는 사람들과 이따금 저녁을 먹자.'

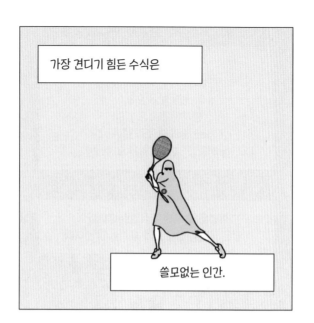

가장 견디기 힘든 수식은

쓸모없는 인간.

나의 쓰임새를 인정받으면
그 자체가 너무 흡족한

자발적 노예 인간.

자기 효능감.

나는 그게 참 중요한 인간 같다.

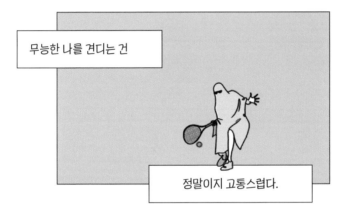

무능한 나를 견디는 건

정말이지 고통스럽다.

인정 욕구와
자기 효능감 사이,

열정과 탈진 사이.

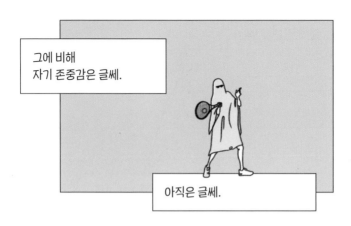

그에 비해
자기 존중감은 글쎄.

아직은 글쎄.

단단한 듯하다가도
물컹해지고

뜨거운 듯하다가도
짜게 식어버리는 내면.

언제쯤이면 튼튼한 자아를
가질 수 있을까.

멈출 수 없는 자아비판을
언제쯤이면.

2인분은 아니더라도
1인분은 하는 인간이었으면.

아니 0.1만큼만 노력해도
10인분의 효율이 나는 인간이었으면.

온, 온 힘으로
창피와 불안을 견디며

1인분을 해낸 나에게
묵묵한 성원을 보내보면서.

흐리멍텅한 가치관을 가진 나였다.
남들이 좋다고 하는 것을

따라 하며 살았다.
다수가 선택한 것은 그 이유가 있을 것이라고.

흘러가는 대로 살았다.
싫은 것이 느지막이 생겼다.

폴라로이드 사진에 형상이 나타나듯,
느리지만 선명하게 싫어지는 것들에서
벗어나고자 하는 욕망이 들끓었다.

벗어나는 것에 익숙지 않아
양면으로 괴로운 마음을 안고

있는 힘껏 빠져나갔다.
싫은 세계가 댕강 잘려 나갔다.

그렇게 내 세계가 좁아졌다고
더러 슬퍼하는 날이 있었다.
생각해 보면 괜찮았던 것 같기도 한데
나약하게 버티지 못하고 도망쳤나
울적하기도 했다.

그러나 도망쳐서
마냥 누워만 있던 것은 아니다.
싫지 않은, 다른 무언가를 그냥 했다.
도망쳤다고
갑자기 무언가를 매우 좋아하게 되는 것은 더욱이 이상하므로.

싫지 않은 일을
그저 반복적으로 하다 보니
그 안에서도 장단점을 발견할 수 있었다.
이후 그 일을 하면서
자신과 타인의 칭찬을 받는 순간,
이 일은 내 세계 속
'좀 좋을지도 모르는 영역'에 귀속된다.

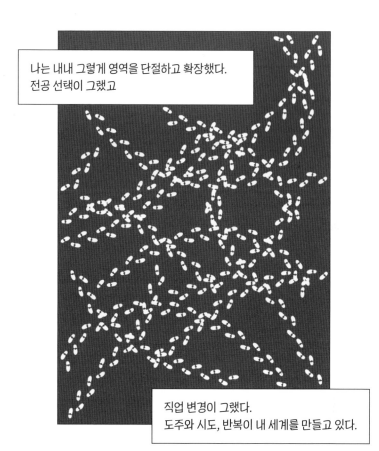

나는 내내 그렇게 영역을 단절하고 확장했다.
전공 선택이 그랬고

직업 변경이 그랬다.
도주와 시도, 반복이 내 세계를 만들고 있다.

온 세계가 내 세계일 수는 없다.
싫은 것에서 힘차게 도망치고

좋은 것을 발견하면서
살아나갈 수밖에 없다.

새로운 세계를 발견하는 일

무언가를 열렬히 좋아해서 어떤 영역에 몸을 푹 담그고 계시나요? 저는 아니었습니다. 겁이 많아서 아주 사랑하는 것은 쉬이 생기지 않고, 싫어하는 것은 느릿하지만 선명하게 생겨났습니다. 그 세계에서 도망치기 위해 몸담을 다른 곳을 찾기 시작했어요. 그런 시작을 많이 겪었습니다.

여러분은 대학 전공을 어떻게 선택하셨나요? 직업은? 그 선택이 맹목적인 선호에서 우러나온 것인가요? 무대를 사랑해서 연기과와 배우를, 학생들을 사랑해서 교육과와 교사를, 생명을 귀히여겨서 의예과와 의사를 선택했을 수 있습니다. 저는 아니었지만요. 맹렬한 도망 의지를 품고 전공과 직업을 정했습니다.

고3 때 꿈은 카피라이터였습니다. 광고홍보학과나 미디어커뮤니케이션학과를 희망했지만, 높은 경쟁률을 이유로 입시 지도 선생님들께서는 어문 계열의 전공을 추천하셨습니다. 깊은 고뇌에 빠졌습니다. 좋은 학교 진학을 위해 생각도 해본 적 없는 어문 계열을 전공할 것인가.

여기서 갑자기 미대 진학을 결심합니다. 네, 열 길 물속은 알아도 한 길 사람 속은 모른다더니. 이게 무슨 일이냐고요? 사실, 아주 오래 그림 그리는 걸 좋아했습니다. 그러나 형편은 넉넉지 않았고 재능은 애매했습니다. 미술학원은 꿈도 못 꾸었지요. 다만 제가 진학했던 미술대학에는 미술 입시를 치르지 않고도 입학할 수 있는 비실기 전형이 있었습니다. 우연히 이 사실을 알게 된 후, 저는 묘한 설렘에 휩싸였습니다. 어문 계열로부터 도망갈 곳이 생겼거든요. 도망과 도전의 열의를 담아 호방한 객기로 미대에 지원합니다.

비실기 전형으로 뽑는 인원은 4명. 이 안에 무사히 안착했습니다. 합격을 한 거예요. 그렇게 기대했던 멋진 캠퍼스 라이프를 시작했습니다. 물론 상상처럼 아주 낭만적이지만은 않았습니다. 수년간 미술 학원에 다닌 친구들과 함께 수업을 듣고 학점을 받아야 했기 때문이에요. 남들보다 몇 배로 노력해야 했습니다. 쓰레기 같은 재능을 증오하고 무모한 선택을 후회한 날들도 있었습니다. 그렇지만 어쩌겠습니까. 이건 나의 선택인 것을. 견디지 않을 도리가 없었습니다. 재미는 또 정말 있었거든요. 예술에 울고, 술에 웃고, 사랑에 울고, 우정에 웃는 대학 생활이 와르르 지나갔습니다.

좀 더 암울한 이야기를 해볼까요? 네, 취업과 퇴사 이야기입니다. 지금까지의 이야기가 문과대학을 피해 미술대학에 간 이야기였다면, 이제부터는 디자이너를 피해 작가가 된 이야기입니다. 취업 준비는 암흑 같았습니다. 그렇게 많은 불합격 글자를 본 건 처음이었어요. '너는 쓸모없는 인간이야!' 하고 뺨을 맞는 듯한 얼얼한 감각, 아무 곳에도 소속되어 있지 않다는 불안, 지인을 향한 초라한 질투, 이 어둠이 언제 끝날지 모르겠는 암울. 그런 것들을 견디는 데 많은 힘을 쏟아야 했습니다.

닥치는 대로 지원서를 집어넣다가 최종 합격을 한 회사에서 디자이너로 일하게 되었습니다. 참 다사다난했던 첫 직장이었습니다. 좋은 기억도 많습니다만, 직장을 생각하면 누가 그렇게 행복하기만 하겠습니까. 보람된 일과 무의미한 일, 효능감과 무력감, 보람과 회의감, 인류애와 인간 혐오를 순환하다가 결국은 퇴사했습니다.

그저 퇴사를 했을 뿐입니다. 작가가 될 생각은 추호도 없었고요. 시간이 많았고, 심심했고, 글과 그림을 좋아했고, 쓰고 그려서 업로드한 것뿐입니다. 칭찬은 언제나 좋으니까요. 사람들과 공감을 주고받는 것은 언제나 뭉클한 것이고요. 그렇게 1년 넘게 매일 한 작품씩 그려서 올렸습니다. 싫지 않은 쪽으로, 조금은 재밌는 쪽으로 또 도망친 것뿐이에요. 도망치다 보니, 이렇게 앉아 원고를 쓰고 있네요. 작가라고 불리고요. 정말 기묘한 일입니다.

또 도망치는 날이 있겠죠. 무엇으로부터일지, 언제일지 알 수 없습니다. 어디로 갈지도요. 전혀 예측되지 않는 삶을 살고 있습니다. 이렇게 흥미진진한 삶이 어딨습니까. 만성적으로 불안이 가득한 사람이 이렇게 한 치 앞도 모르게 살고 있다는 사실이 스스로도 놀랍습니다. 오랜만에 과거를 돌아본 기념으로 옛날의 나를 칭찬하는 시간을 가져볼까 합니다. 나는 칭찬도 좋아하고, 꾸준하고, 사랑도 참 많이 했는데, 나를 사랑하고 칭찬하는 것만은 꾸준히 하지 못했습니다. 그러니 오늘은 해보려고요.

너 대단해. 멋져. 괴로움에 스스로를 방치하지 않는 선택을 하는 건 대단한 일이야. 잘 도망쳤어. 아주 잘한 선택이야. 그 도주와 시도, 반복이 모두 너의 세계야. 싫은 것에서 힘차게 도망치고 좋은 것을 구하며 살자. 그건 세계가 좁아지는 일이 아니라, 새로운 세계를 발견하는 일일 테니.

미완인 상태

내 삶은 흐릿하고 불확실한
스케치 같고,

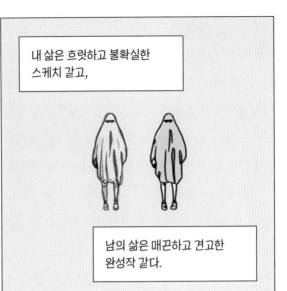

남의 삶은 매끈하고 견고한
완성작 같다.

달성은 미미하고
장래는 아득하고

거취는 불명하고
내면은 물컹하다.

정착하지 못하는
옅은 마음.

까마득한 삶의 윤곽.

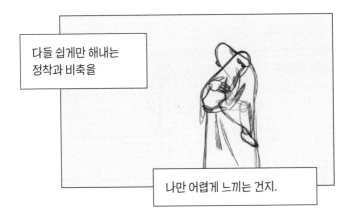

다들 쉽게만 해내는
정착과 비축을

나만 어렵게 느끼는 건지.

그냥 다들 대단하다고.
멋지다고.

그런 이야기를 하고 싶었던 것 같다.

비교가 싫지만
슬쩍 비교하는 것도

어쩔 수 없다는 건 알지만
숨기고 싶었던 것 같고.

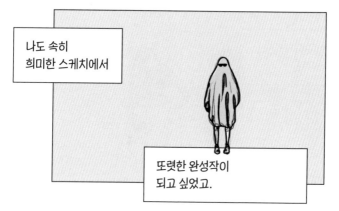

나도 속히
희미한 스케치에서

또렷한 완성작이
되고 싶었고.

언제쯤 그렇게 될지

알고 싶었고 알 수 없었다.

미완인 상태로
오래 살리라는 걸

어렴풋이 깨닫는다.

설익은 채로

무르지 않는 마음일 것을.

헤
헤

이렇게 생각해 보면 어때?

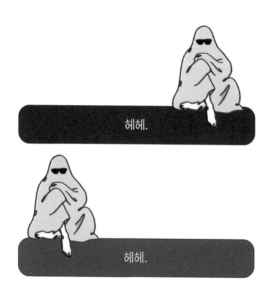

자아를 분리하는 게 중요해.

내 안에는 내가 너무 많아.

건설적인 나와 염세적인 나.
우렁찬 나와 고요한 나.

한쪽은 거짓말 같아서

가짜를 골라내고 싶었던 때가
있었다.

알파벳으로
성격을 고착화하는 세상이기에

누가 나를 물으면
납작한 네 글자로 못박아야 했다.

유희는 즐거웠고
씁쓸은 엄존했다.

이면이 없어야
거짓말쟁이가 되지 않을 것 같았다.

이따금 냉소적인 내가
간간이 다정한 나를 속이는 걸까 봐,

변화무쌍한 자아에 속고

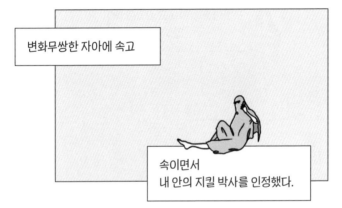

속이면서
내 안의 지킬 박사를 인정했다.

어떤 때는 씩씩하고
어떤 곳에선 축축하다.

가짜 나는 아무 데도 없다.

이제는 도망칠

다른 자아의 존재에 안도한다.

일할 때 진지한 나,
모임에서 우렁찬 나,
수다 떨 때 우스꽝스러운 나,
글을 쓸 때 고요한 나,

어떤 나도 거짓이 아니다.

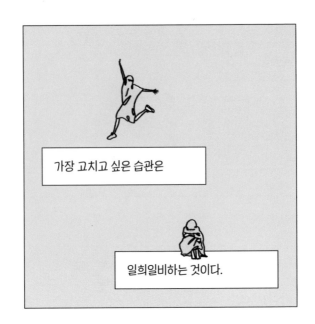

가장 고치고 싶은 습관은

일희일비하는 것이다.

쉽게 희열하는 건 좋은 일이지만
쉽게 낙심하는 건 힘든 일이다.

하나만 선택해야 한다면
기쁨도 슬픔도 신중하게 느끼고 싶다.

성급한 감정이 일을 좋은 곳으로 이끌 리 없다.

여유 없는 마음이 나를 좋은 곳으로
데려간다는 확신이 없다.

멈출 수 없이 급해질 뿐이다.

내리막에서 뛰기 시작한 아이의 발걸음 같다.

점점 빨라지고 멈출 수 없고

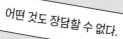

어떤 것도 장담할 수 없다.

얼른 결정을 내리고 싶다는 마음에
이 애매함에서 벗어나고 싶다는 마음에,

머릿속이 황망할 때는
무표정 아래 이리저리로
날뛰는 감정이 숨어 있다.

후회해 봤자 늦은 일들이 있지.
울어봤자 바뀌지 않는 것들.

그런 건 차라리 얼른 잊어버리는 게 낫겠다.
머물러봤자 바뀌는 건 없으니까.

어쨌든 나는 나아갈 것이다.

아쉬운 선택이 있을지라도
갑자기 폭삭 망하진 않는다.

절대로 그렇지 않다.

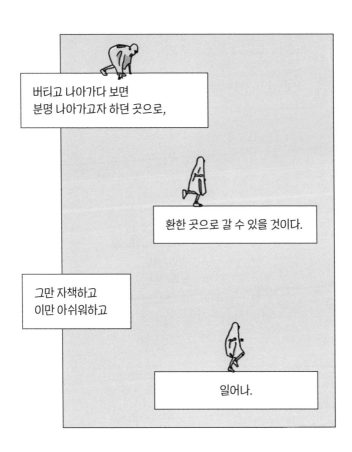

버티고 나아가다 보면
분명 나아가고자 하던 곳으로,

환한 곳으로 갈 수 있을 것이다.

그만 자책하고
이만 아쉬워하고

일어나.

할 수 있는 걸 차근차근하자.

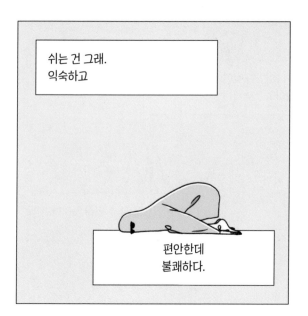

쉬는 건 그래.
익숙하고

편안한데
불쾌하다.

쉬면
일하고 싶어진다.

일해야 할 것 같다.
진짜 이상한 마음.

쉬는 동안에도
얇은 눈꺼풀 속 뇌는

부단히 움직여
게으른 나를 맹목적으로 쪼아대고

자전거 바퀴에 바람은 다 빠졌는데
근력으로 철근을 밀고 나가려는 듯

자꾸만 억지로 몸을 일으키게 돼.

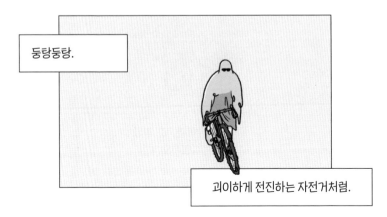

둥탕둥탕.

괴이하게 전진하는 자전거처럼.

어떻게 해도
불쾌 요정이다.

일찍 일어나도 불쾌,
늦게 일어나도 불쾌.

어떻게 해도
걱정 인형이고.

일하면서도 걱정,
쉬면서도 걱정.

성실은
멋진데 귀찮고

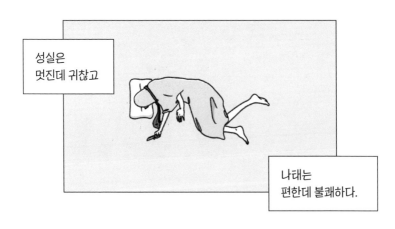

나태는
편한데 불쾌하다.

지금은
멋지진 않고 귀찮긴 한데

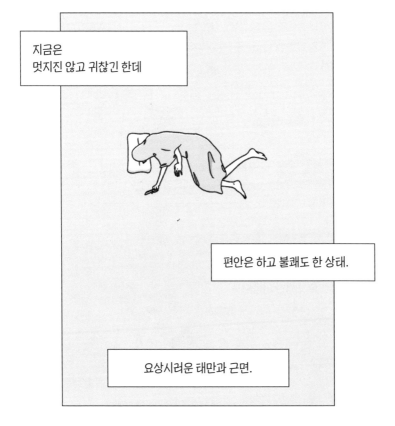

편안은 하고 불쾌도 한 상태.

요상시러운 태만과 근면.

평온은 귀하고

평온이 어렵고

평온을
불안해하지 않기가 어렵다.

우연히 그렇지 않은 날에
그러니까

평온이 온전하게 평온으로 느껴지고
불안이 나를 괴롭히지 않는 날에

생경하고
동시에 고요히 벅찬 마음으로

메시지를 보내 이야기했다.

나는 오늘 좋은 하루를 보낸 것 같아.

갑자기 그런 기분이 들었어.

어떤 좋은 하루를 보냈어?

그냥 아무 일도 없었는데

보통 그러면 좀 불안하거든.

근데 오늘은 괜찮고

작업도 재밌었어.

평온한데 평온한 게 안 불안하고
좋은 하루였어.

충만하고 평화로운 하루였네.

대화를 마치고
나는 울었다.

울컥 올라오는 감정이
나쁜 것만은 아니라고 생각했다.

기뻤다.
기쁘면 왜 눈물이 날까.

자문하면서도 어쨌든
홀가분해지는 것 같아 더 기뻤다.

오랫동안
아무 일이 없는 날은 시시하다고 생각했어.

삶이 너무 납작하다고.
납작한 내가 싫었다.

밋밋하게 끝나는 하루가
밑도 끝도 없이 불안했다.

아무 일도 없는 것이
생각보다 어렵다는 걸 깨닫지 못하고
그 평온에
불안을 느끼지 않는 것을 어려워했다.

그러나 이제는 안다.
평온은 귀하고

평온을 온전하게 평온이라고 느낄 때
비로소 충만해진다는 것을.

하기 싫다는 말 이외에는

아무 말도 할 수 없는 상태...

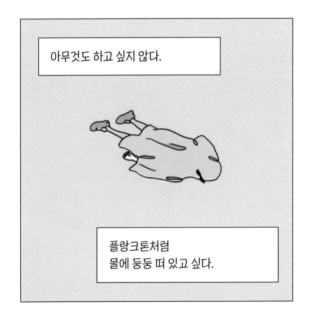

아무것도 하고 싶지 않다.

플랑크톤처럼
물에 둥둥 떠 있고 싶다.

해야 할 건 너무 많은데

바라만 보고 있어.

어떤 게으름은
동경을 닮아서

그저 바라만 보고 있어.

아아,
왜 돌멩이로 태어나지 못해서.

안 해도 되는 일을
가장 먼저 불러와 본다.

그게 가장 재밌으니까.
강제성 없는 일로의 이탈은 짜릿하다.

울며 겨자 먹기로 꺼내든 노동.
5분을 못 넘는 집중력.

ADHD가
먼나라 이웃나라 얘기가 아니었음을 통감한다.

다음 생에는
돌멩이로 태어나리.

아니 태어나지 않으리.

할 일이 많을 때
빠져드는 잠은

반만 죽은 채로
관 속에 묻힌 심정.

꺼내지는 것은
처량한 나의 영혼.

무기력은 왜 찾아올까.

잘 지내다가도
금세 무기력하다.

무기력하여
잘 지내는 체한다.

매너리즘은 왜 이따금 찾아올까.
나는 왜 타성에 젖어서

마지못해 살아가는 사람처럼
꾸역꾸역 살아내고 있는 것일까.

탈진감으로 지낸다.

죽을 만큼 힘든 것도 아닌 것 같은데
힘차게 살 만큼 기운이 넘치는 것도 아니다.

은은하게 고단하다.
넌지시 지겹다.

지긋지긋한 권태가
파도처럼 또다시 밀려온다.

어찌할 도리가 없다.
이럴 때는

어떻게 저렇게 나아가라는 말도
도움이 되지 않으므로.

말없이 버티고 있다.
뭐 이렇게 힘들지.

나 하나 직립하는 게,
권태 하나 짊어지는 게.

내가 아는 인간의 형상은 직립인데
내 몸은 자꾸 가로눕지.

겨를만 있으면 자꾸 앉고 누워.
지탱하려고.
기어코 싱싱한 결심으로 일어나려고.

오래 낡은 몸을 펴는 상상을 한다.

마침내 직립하고
흐리지 않은 눈빛으로 발을 딛는 광경을.

살아 있다.
조금은 무기력하게.

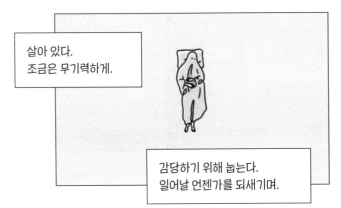

감당하기 위해 눕는다.
일어날 언젠가를 되새기며.

가라앉은 마음을 가져도
늘 처진 몸을 하는 것은 아니다.

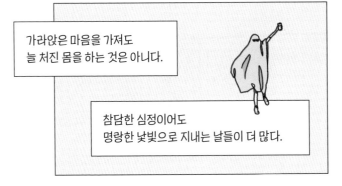

참담한 심정이어도
명랑한 낯빛으로 지내는 날들이 더 많다.

마음과 표정, 감정과 몸짓이
늘 상통한 것은 아니다.

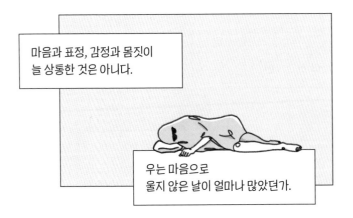

우는 마음으로
울지 않은 날이 얼마나 많았던가.

우는 마음으로
일상을 살면

어느새 감정은 흐려지고
어쨌건 살아내게 되는 것이다.

다만 불쑥
첩첩이 고인 응어리가

얇은 상처 하나에
와르르 터져버리는 때가 온다.

힘을 꽉 주고
억억 울어버리고 나면

외려 가슴이 통쾌하다.

아, 힘을 내고 싶었구나.
힘줘서 힘들다고 말하고

힘내서 울고
힘내서 나도 잘 살고 싶었구나.

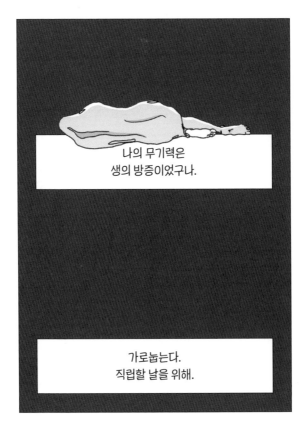

나의 무기력은
생의 방증이었구나.

가로눕는다.
직립할 날을 위해.

편안하고 싶어

면접 날, 아침에 일어나자마자 집에 가고 싶다. 벌써부터 포근한 침대 안이 그립다. 늦으면 안 되니 이불에게 애틋한 작별 인사를 건네고 집을 후다닥 나선다. 몸에 힘을 꽉 주고 면접장에 들어선다. 청심환을 먹었는데도 심장이 빠르게 쿵쿵댄다. 준비한 대로 자기소개를 하고 침착하게 질문에 대한 답변을 이어간다. 예상치 못한 질문을 받는다. 버벅거리다가 되는대로 말해버린다.

아, 조금 망한 것 같다.

혼미한 정신으로 면접장을 빠져나온다. 떨어질 것 같다는 불안과 그래도 혹시 모른다는 기대가 머릿속을 헤집어놓는다. 단단한 구두가 발을 옥죈다. 얼른 집에 가고 싶다는 생각뿐이다. 버스에 몸을 싣는다. 자리에 앉아 창밖을 바라본다. 나는 조금 망했는데 세상은 평화롭다. 나도 평화롭고 싶다. 침대, 침대가 너무 필요하다.

억겁 같은 시간이 지나 겨우 집에 도착한다. 구두를 아무렇게나 벗어던지고 셔츠 단추를 푼다. 그대로 침대로 뛰어든다. 폭-닥. 그래. 이거지. 내내 그리웠던 이 감촉. 이불로 몸을 둥글게 말아 파묻힌다. 보드랍고 고요하다. 면접관의 송곳 같은 질문도 거리의 차 소리도 들리지 않는다. 바싹 죄이던 구두와 셔츠, 뾰족한 눈빛과 긴장에서 해방된다.

아, 편안.

반쯤 나가 있던 정신이 그제야 조금씩 제자리로 돌아온다. 머릿속에선 자꾸만 창피한 장면들이 복기된다. 당황하며 버벅인 대답, 벌개진 얼굴과 귓바퀴, 고장 난 심장 박동, 묘하게 실망한 듯한 면접관들의 표정. 잊어버리고 싶은 순간이 멈추지도 않고 자동 재생된다. 이불에 얼굴을 박는다. 없어져라, 없어져라, 기억아 제발.

괴로운 마음을 감싸안는다. 누군가가 나를 다독이는 상상을 한다. 낡고 지친 내 몸뚱이를 부드럽게 안아올려 규칙적으로 등허리를 토닥이는 상상. 귓가에 괜찮다, 괜찮다 읊조리는 목소리가 어렴풋이 들린다. 너는 최선을 다했어, 실수는 누구나 하는 거야, 고생했어, 이제는 쉬어, 그래도 돼. 나지막이 이야기해 주면 나는 그제야 말랑한 마음이 되어 일렁이는 눈을 감는다. 꽉 주었던 힘을 스르륵 빼고.

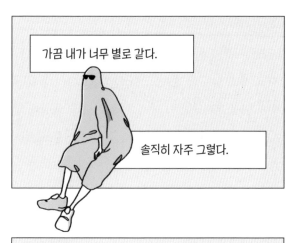

가끔 내가 너무 별로 같다.

솔직히 자주 그렇다.

뭘 해도
내 건 좀 유치한 것 같고.

안 멋진 것 같고.

너무 많은 걸 한 날에는
되려 내가 초라하게 느껴진다.
나는 나를 너무 잘 아니까.

행동과 행동 사이에는
숱한 실수가 있었고,
어쩐지 내가 너무 오바한 것 같고.

머릿속에서
실수 비디오가

꺼지지도 않고 반복 재생된다.

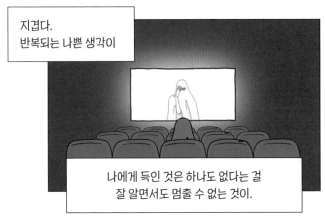

지겹다.
반복되는 나쁜 생각이

나에게 득인 것은 하나도 없다는 걸
잘 알면서도 멈출 수 없는 것이.

답답하다.
내가 나를 미워하는 게

결코 건강한 일이 아닌 것을
너무도 잘 알면서도 끊을 수 없는 것이.

내가 나를 사랑하는 일이
이다지도 어려운 일인가.

언제쯤 내가 나를 사랑할 수 있을까.

누구에게도 밝히기 어려운
누추하고 지긋한 마음.

혼자가 되면 선명해지는
사무치게 곪은 마음.

남에게 함부로 하지 못하는
말과 생각을

나에게는 이토록 쉽게 던지는지.
자기혐오의 길은 왜 이리 쉬운 건지.

실수 비디오의 상시 상영을 끊는 일을,
초라한 결과물에 나를 깎아내리지 않는 일을,
내가 나를 존중하는 일을,
마침내 박애하는 일을

결국 해내야 하는 걸 아는데.
아는데도.

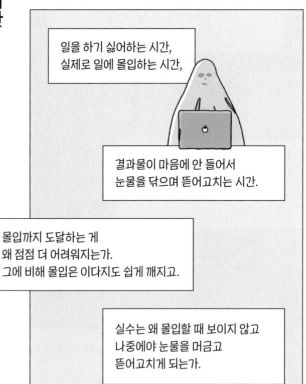

일을 시작한다.
하루가 이틀로

이틀이 사흘로 늘어나면서
권태와 불안이 머리에 굴러다닌다.

이게 맞나.
애초에 방향성이 틀린 게 아니었을까.

나는 왜 이것밖에 못 하지.
복잡한 머리께.

그래도 어쩌겠나 해내야지 싶어서
꼼지락거려 보는 손과 머리.

그러다 금세 휴대전화를 들었다가
시간이 호로록 가고.

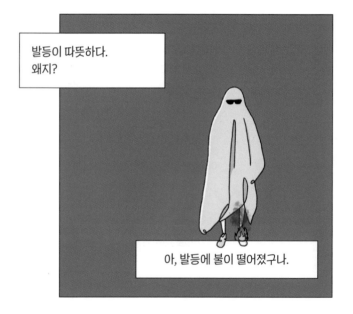

발등이 따뜻하다.
왜지?

아, 발등에 불이 떨어졌구나.

더 이상 미룰 순 없다.
얼레벌레 일을 하기 시작한다.

나는 다비드상을 만들어야 하는데
왜인지 태아의 초음파 같은 걸 빚고 있다.

겨우 일을 끝낸다.
태아가 여전히 태아다.

어떡하지.
눈물을 닦고 다듬고 빚어본다.

몇 대쯤 얻어맞은
곤죽 다비드상쯤 된 것 같다.

일단 그걸로 발등의 불을 끈다.
그래 늘 이런 식이지.

하루 전.

뭐든 하루 전이
가장 힘든 법이다.

중요한 일 하루 전,
오만가지 근심이 머릿속을 점령한다.

웬만하면 일어나지 않을 일 298개를
숨 가쁘게 시뮬레이션한다.

298번의 시뮬레이션 중
100번은 크게 창피를 당했고

100번은 그 창피에 심장이 너무 빨리 뛰었으며
98번은 부정맥으로 쓰러졌다.

막상 닥쳐보면
괜찮을 거 알면서

걱정 시뮬레이션은 끝날 줄을 모르고.

그 걱정 더미가
완벽주의에서 비롯된 것도

너무 잘 안다.
실수하는 나를 내가 못 봐주겠기에.

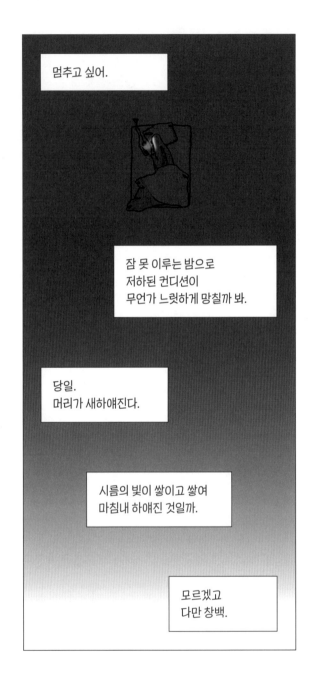

멈추고 싶어.

잠 못 이루는 밤으로
저하된 컨디션이
무언가 느릿하게 망칠까 봐.

당일.
머리가 새하얘진다.

시름의 빛이 쌓이고 쌓여
마침내 하얘진 것일까.

모르겠고
다만 창백.

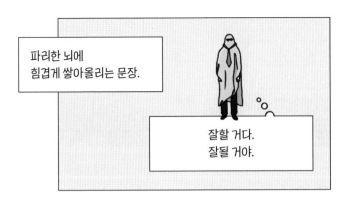

파리한 뇌에
힘겹게 쌓아올리는 문장.

잘할 거다.
잘될 거야.

되레 머릿속이 비워지니
기세 좋게 긍정을 불어넣는다.

잘할 거다.
잘하지 못할 이유가 없다.

다 사람이고
다 지나간다.

별거 없다, 별거 없어.

행복의

허락

PART 2

생
일

생일입니다.

풍습처럼 축하받습니다.
풍족한 식사와
밝은 하루를 기원해 줍니다.

축복이 귀하고 다정해서
미끈한 감사를 전합니다.

감히 의문하건대
축하는 무엇을 위한 걸까요.

생일은 왜 당연히 축하를 주고받는 날일까요.

태초에 부풀어진 폐를
축하받는 것일까요.

신비한 생명의 축복을.
홀로 숨 쉬는 존재의 탄생을.

왜 생명은 존재 자체로
축하를 받을까요.

타인의 탄생은 경축하고
내 탄생의 의미는 의문하면서.

나는 왜 태어났는가.
이 질문이

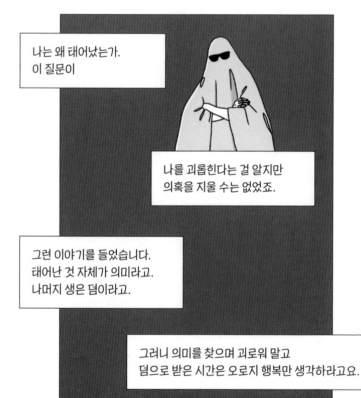

나를 괴롭힌다는 걸 알지만
의혹을 지울 수는 없었죠.

그런 이야기를 들었습니다.
태어난 것 자체가 의미라고.
나머지 생은 덤이라고.

그러니 의미를 찾으며 괴로워 말고
덤으로 받은 시간은 오로지 행복만 생각하라고요.

덤이라면
조금은 홀가분하게

축복을 받아들여도 되겠다 생각했습니다.

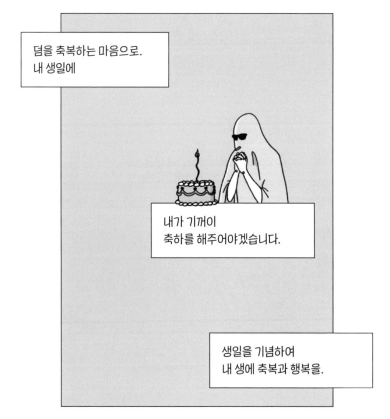

덤을 축복하는 마음으로.
내 생일에

내가 기꺼이
축하를 해주어야겠습니다.

생일을 기념하여
내 생에 축복과 행복을.

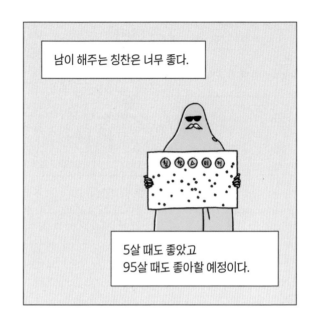

남이 해주는 칭찬은 너무 좋다.

5살 때도 좋았고
95살 때도 좋아할 예정이다.

천년만년 응석 부리면서 살고 싶다.
'나 별로인 것 같아.' 그러면

'무슨 개소리야! 너 울트라 캡숑 짱이야!'
그렇게 받아쳐 줬으면 좋겠다.

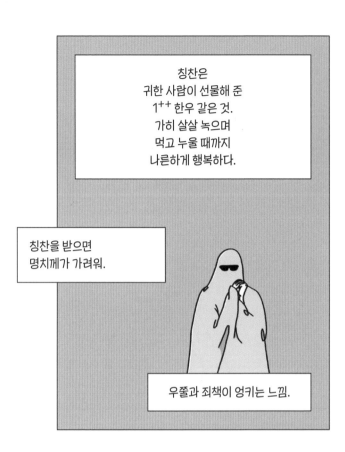

칭찬은
귀한 사람이 선물해 준
1++ 한우 같은 것.
가히 살살 녹으며
먹고 누울 때까지
나른하게 행복하다.

칭찬을 받으면
명치께가 가려워.

우쭐과 죄책이 엉키는 느낌.

극찬 동우회가 있었으면 좋겠다.
'끝내주게 호흡하셨군요. 칭찬합니다.

맹렬하게 식음하셨군요. 찬양해 마지않습니다.
쾌청하게 배변하셨군요. 격찬 올립니다.'

남이 채워주어야만
메워지는 공허가 있는걸.

그건 참 어쩔 수가 없다.

남이 나를 치켜세우는 것과

스스로를 칭찬하는 것의
쾌감은 비할 수가 없다.

나는 내가 자주 밉고
부족하다고 여기지만

너는 그걸 모르는 게 좋다.

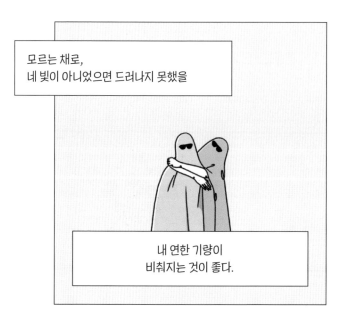

모르는 채로,
네 빛이 아니었으면 드러나지 못했을

내 연한 기량이
비춰지는 것이 좋다.

나도 모르는 채로
쾌히 빛나본다.

무용해도 상관없다.

인생 즐기는 게 별건가.

힘든 일도 언젠가
무용담으로 쓴다는 마음 정도지.

생에는
더러운 불운과

권태로운 악의 덫들이
즐비하다.

예상치 못하게
울어지는 눈과

떨리는 몸과 마음을
지탱해야 하는 날이 반드시 찾아온다.

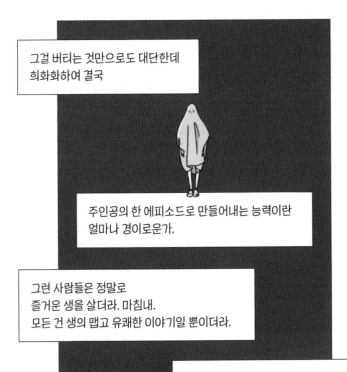

그걸 버티는 것만으로도 대단한데
희화화하여 결국

주인공의 한 에피소드로 만들어내는 능력이란
얼마나 경이로운가.

그런 사람들은 정말로
즐거운 생을 살더라. 마침내.
모든 건 생의 맵고 유쾌한 이야기일 뿐이더라.

결국은 사랑이 가득한 사람들 사이에서
밝게 웃더라.
생의 주인공으로.

어떻게 줄곧
밝고 싱싱한 삶일 수 있겠어.

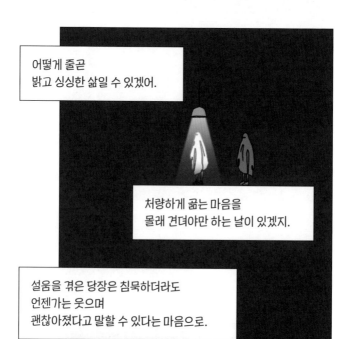

처량하게 곪는 마음을
몰래 견뎌야만 하는 날이 있겠지.

설움을 겪은 당장은 침묵하더라도
언젠가는 웃으며
괜찮아졌다고 말할 수 있다는 마음으로.

이건 내 책 어딘가에 쓰인
지난한 에피소드라는 마음으로.

유쾌가 가득한 사람들 사이에서
천진하게 웃을 날이 있다는 걸 상기하며.

나는 어쨌든
많이 단단해져 왔다는 걸 기억하며.

그래, 다 지나간다는 마음으로.

행복 참 별거 없다.
결이 맞는 사람.
재밌는 이야기.
맛있는 건 필수.

써놓고 나니 별거인 듯도 하고.

휴식에는 여러 가지가 있지.
혼자서 하는 고요한 휴식.

여럿이 하는 기운찬 휴식.
기운찬 휴식을 역시 사랑한다.

일에 스트레스 받다가도
와글거리는 약속을 잡아두면

그날만 바라보면서 힘을 내지.

성공도 좋고
일도 좋지만
(막 좋진 않지만)
내 사람과의 소소한 일상이 없으면
그게 다 무슨 의미일까 싶다.

균형을 잘 잡고 싶어.

일할 땐 치열하게 일하고
놀 땐 나태하게 놀고.

잘 지켜야지.

다정한 사람,
눈물 나는 유쾌,
따끈한 음식이
그냥 만들어지는 건 아니니까.

우리는 좋은 삶이야

자신만의 의미를 찾는 과정이 결국 생의 여정이다. 사람들은 저마다 소중한 것을 발견하며 살아간다. 어떤 행위가 생을 유의미하게 만드는지, 무엇이 나에게 충만함을 주는지, 궁극적으로 무엇을 지키며 살 것인지를 구축하며 생을 잇는다. 나는 운이 좋게도 진즉 지키고 싶은 기쁨을 발견했고 이를 잘 품기 위해 살고 있다.

잃고 싶지 않은 행복 3종 세트. 유쾌한 사람들, 맛있는 음식, 적당한 술.

밥을 기가 막히도록 맛있게 먹기 위해서 열심히 운동하는 것처럼, 신나게 놀기 위해서 부지런히 일하며 산다. 노는 기쁨을 기쁨으로 느끼기 위해 약간의 고통이 수반되는 노동을 놓지 않는 것이다. 맛있는 음식을 많이 사 먹기 위해서는 응당 월급이 필요하기도하고.

나에게는 약간의 완벽주의가 있고 이는 일할 때 크게 발동한다. 그렇지만 내 사람들과 있으면 나는 헐거워진다. 퇴근 후 저녁 약속 장소에 도착하는 순간, 흐물텅 인간으로 변신한다. 단정한 목소리로 업무 전화를 받던 나는 온데간데없고, 친구들을 웃기기 위해 성대모사도 마다치 않는 희극인만이 있다. 수년 전 흑역사를 수백 번 다시 꺼내 놀림을 교환한다. 서로의 술잔과 그릇을 채워준다.

그간의 피로는 싹 잊히고 그저 배부르고 웃기고 행복하다. 음, 더없는 기쁨.

물론 저녁이 항상 유쾌하게 시작하는 것만은 아니다. 생에는 언제나 시련이 머무는 순간이 있기에. 떼어지지 않는 상처는 구태여 저녁 식탁에 따라온다. 맑았던 친구의 얼굴에는 엷은 그림자가 깔리고, 웃음 사이로 엷게 터지는 울음은 막으려야 막을 수가 없다. 우리는 묻지 않고 휴지와 위로를 내어준다. 상처를 준 상대에 대한 무자비한 욕과 저주도. 그리고 친구가 얼마나 멋지고 대단하고 훌륭한지 큰 목소리로 일깨워 준다. 마구 오버해서 열변을 토하다 보면, 친구의 얼굴에는 어느새 미소가 띄워진다. 그렇게 다시 농담과 장난이 시작되고 점차 왁자지껄해지는 저녁.

음, 우리의 끝은 언제나 웃음이지. 실없는 농담을 끝없이 이야기하는 우리가 있는 한, 인생은 어쨌든 맑음이야. 우리가 있는 한, 우리는 좋은 삶이야. 그렇지?

주인공

> 너는 주인공이야.
> 잊고 살았어?

생이 심히 고되다면
곧 조력자가 등장할 구간,

위기와 절정을 넘어
곧 행복이 찾아오기 직전이다.

인생살이가 너무 권태롭다면
책에서

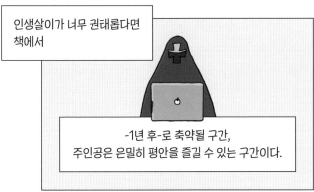

-1년 후-로 축약될 구간,
주인공은 은밀히 평안을 즐길 수 있는 구간이다.

삶이 너끈히 행복하다면
만끽하라.

주인공으로서 누려도 되는 행복이다.

너는 주인공이다.
삶에 압도되어

되레 잊고 살았을지는 모르겠지만
너는 주인공이었다. 내내.

그러니 마음 가는 대로 하고 살아.
주인공은 마땅히 그런 법이거든.

주변 인물에게 위해를 끼치지만 않도록.

주변 귀인들도
모두 각각의 책에서 주인공이니.

그들은 감사하게도 잠시
내 삶에 귀한 조연이 되어주었을 뿐이니.

마음껏 좀 살자.
이따금 고난을 겪더라도

꽤 이상하더라도
그게 주인공의 매력 아니겠어?

삶이 내내 행복하진 않겠지.
그런 책은 재미가 없듯이.

생은 유쾌한 책 한 권.
굴곡지고 해학적인 서사가 담긴.

너는 주인공이야.
어떤 수식 없이도 마땅히.

1. 또 너무 과하게 걱정하고 계시네요.
잘될 겁니다.

2. 읽고 쓸 줄 아는 순간부터 나의 성장에
가장 기여한 사람은 나 자신이다.

3. 목표가 확실해야 성공할 수 있는 건 아니잖아.
잘 몰랐지만 해보니까 좋아질 수도 있는 거고
해보다가 목표가 생길 수도 있는 거고.
안 그래?

4. 안 되면 되는 거 해라!

5. 이곳의 주인공은 한 명이거든.

6. 인생에 터닝 포인트가 있다는 건 멋진 일이다.

7. 네가 잘못된 게 아니잖아.
그냥 그런 스타일일 뿐인 거지.

8. 뭘 거창하게 잘할 필요 없어.

9. 나쁜 날이지 나쁜 삶이 아니야.

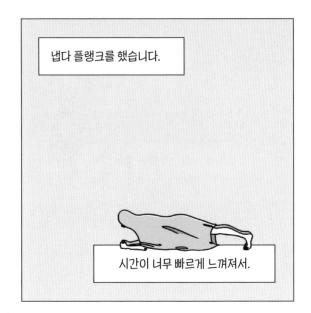

냅다 플랭크를 했습니다.

시간이 너무 빠르게 느껴져서.

벌써 시간이 이렇게.
무엇을 했다고요.

돌려주십쇼, 내 세월.
이게 이럴 리가 없습니다.

시간이 너무 빠릅니다.
말하기에 고루할 정도입니다.

시간이 빠르다는 말을
입에 달고 삽니다.

이러다가는 정말로
곧 팔순 잔치를 열고 말 겁니다.

그렇지만
저는 아직 다섯 살입니다.

나머지 나이는
무거워서 집에 두고 다닙니다.

생은
짧게 보면 느릿하고

길게 보면 날쌥니다.
내가 언제 이 나이가 됐는지.

아주 어리다고도
나이 들었다고도

말하기 어려운 나이.
참으로 둔탁한 연령.

성취는 대개 빈약한 것 같고
자아는 여태 유약한 것 같고

내면은 분분히 흩날립니다.

128

얼마나 나이를 더 먹어야
굳세질까요.

나는 이미 배부른데요.
얼마나 더, 더 먹어야.

성장통은 급식을 먹으면서
다 먹은 줄 알았는데

여즉 많이 남았군요.
여즉, 이렇게나.

밥은 꼭꼭

사람은 왜 밥을 먹을까.

너무 자주.
슬픈 일과 슬픈 일 사이에도.

가끔은

묵묵히 밥을 먹는 사람의
모습이 짠하다.

꼿꼿하게

생을 꼭꼭 씹어
삼키는 것 같아서.

그래서

지치는 날엔
쌀밥을 씹고 싶어져.

같은 이유로
우리나라 사람들이

그렇게도 밥을 챙기나 싶다.
생을 걱정하는 마음으로.

밥은 꼭 챙겨 먹어.
알겠지?

이 말에
울컥 솟는 무언가를 꾹 누른다.

슬픈 일과 슬픈 일 사이에도
밥을 먹어야 한다는 사실이
거북한 날이 있었다.
눈물 맛이 나는 밥을
꾸역꾸역 씹어 삼키는 것이
고단한 시간.

그럼에도 꾸역거리며 먹었던 이유는
멈출 수 없는 생이 있었기 때문이었다.

영양 덩어리를 꼭꼭 씹어
목구멍에 밀어 넣는다.

밥은 먹어야지.
그래야 힘을 내지.

밥은 꼭 챙겨 먹어.
알겠지?

마음먹기

정말 뭐든 마음먹기
나름인 것 같습니다.

노이즈 캔슬링이 되는 에어팟을
몇 년 전 처음 구매했습니다.

다음 날 출근길에
처음 껴보았지요.

어른이 되고 경험한
몇 안 되는 신세계였어요.

단조롭고 지루한 출근길이
다채롭고 흥겨운 무대로 변한 느낌이었습니다.

터덜터덜 지겨운 사람들의 발걸음이
통탕거리는 흥겨운 노래를 따라

춤추며 나아가는 것 같았어요.
환상에 젖어 잠시 그 길을 바라보았죠.

그 모습을 보며 걸으니
왠지 즐겁더군요.

지겹던 출근길이
생경하고 즐거웠어요.

(물론 사무실에 들어간 순간
순식간에 현실로 빨려들었지만.)

오래 사용하다 보니
그때만큼의 감흥은 자연스럽게 없어졌지만

가끔 기분이 처질 때면
흥겨운 음악을 틀고 앞에 걷는 사람들을 봐요.

함께 리듬에 맞춰 걸어 나가고 있다고 생각하면
정말 그런 것 같거든요.

나와 그들의 무거워 보였던 발걸음도
가볍고 경쾌해 보이기 시작하고요.

모든 것은 마음먹기 나름입니다.
모든 괴로움이 나의 마음에서 시작하듯
즐거움 또한 나의 마음에서 피어나니까요.

즐겁다고 생각하면 즐거운 것이고
성장하고 있다고 느끼면 자라는 중인 것이고
괜찮다고 외치면 괜찮은 것입니다.

오늘도 괜찮은 마음을 먹습니다.

그런 마음을 먹어
그런 마음이 됩니다.

일단 몸을 움직이면
뭐라도 하게 된다.

그 일단이 어렵긴 하지만.

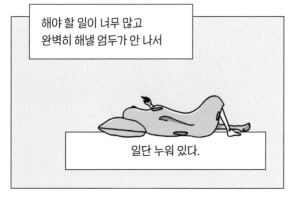

해야 할 일이 너무 많고
완벽히 해낼 엄두가 안 나서

일단 누워 있다.

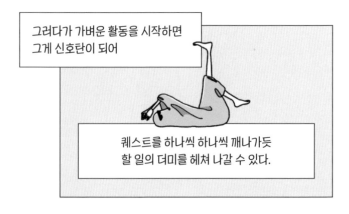

그러다가 가벼운 활동을 시작하면
그게 신호탄이 되어

퀘스트를 하나씩 하나씩 깨나가듯
할 일의 더미를 헤쳐 나갈 수 있다.

예를 들면,
일단 뭉기적거리다가
좀 더 큰 기적을 일으켜
아침을 먹었다고 치자.
거기서 더 큰 기적을 일으켜
설거지를 했다고 하자.

그러면 손을 씻으려고 들어간 욕실에서
세수를 하고 양치질을 할 것이다.
나 자신이 대견하고 멋진 김에
일이 쌓인 책상에 앉는다.

그래, 바로 집중이 될 리는 없지.
휴대전화와 일거리를 번갈아 가며 본다.

그러다 무심코 일에 집중이 되는 순간이 온다.
기분이 좋다.
머리가 돌아간 김에 뭐든 더 할 수 있을 것 같다.

약간의 글도 쓰고
작은 그림도 그린다.
산책도 나간다.

작은 스위치가 탁 켜지니,
그 전기가 이어져

뒤에 크고 작은 불들이
턱턱 켜지는 느낌이다.

그런 연쇄반응이 일어난 날
기분이 가뿐하다.

스스로가 대견한 건 귀한 일이다.

할 일이 머리를 꽉 채우고
몸이 마냥 도망가는 날.
일단 뉜 몸을 일으켜 세운다.
(이거 진짜 어렵다.)

그리고 할 일과 아예 다른 일을 시작한다.
아예 다르며 작고 하찮은 일을.

작은 스위치가 큰 불을
턱 켜는 기분을 만끽한다.

관성을 원하는 쪽으로
발휘한 것을 크게 칭찬한다.

자극 없는 편안

편안하고 싶어.

소음이 없는 곳에서

폭닥한 이불을 가슴팍까지 덮고
의미 없는 영상을 보고 싶어.

따갑지 않은 빛이
은은히 스며드는 곳.

오로지 내 의지로만 느끼는
자극 없는 감각.

다정을 말해줄래.

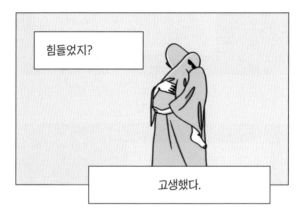

힘들었지?

고생했다.

망했어?

야, 나도 그거 망했었잖아.
말도 안 되게 어렵더라.

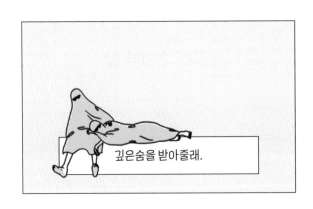

깊은숨을 받아줄래.

한숨이 닿는 곁에 앉아.

그걸로 족해.

그럼 나는 한참을 머물다가
머물다가

혼미한 내면을 닫을 텐데.
편안을 얻을 텐데.

생략이 무성한 말

인생이 잘 안 풀릴 무렵, 나는 거의 악마였다. 눈을 뜨는 순간부터 모든 게 맘에 들지 않았다. 출근 준비를 하면서도 인간은 왜 매일 씻어야 하나 비관했다. 출근길, 내 앞에서 걷는 사람의 발걸음이 빨라도 느려도 비슷해도 짜증이 났다. 바싹 마른 채로 출근하면 쌓여 있는 업무에 참을 수 없이 권태로웠다. 모니터 앞에서 홀로 얼굴을 찡그리며 더운 숨을 훅 뱉었다.

퇴근 후 만난 지인이 내 시커먼 얼굴을 보고 물었다. 괜찮냐고. 그제야 힘들다고 너털웃음을 짓는다. 어휴 죽겠다, 하며 연거푸 맥주를 꿀꺽꿀꺽 마신다. 잠시 갈증이 달래진다. 목구멍에 길이 트여 이런 말 저런 말을 쏟아낸다. 일이 얼마나 힘든지, 이상한 사람은 왜 이리 많은지, 연쇄적인 불행은 왜 나를 괴롭히는지. 가만 듣던 그가 말한다. 괜찮을 거라고, 곧 다 잘될 거라고.

염세가 가득하던 나는 무엇이든 쉽게 믿지 않았다. 그것이 나를 향한 위로이더라도. 예의상 건네는 말이겠지, 하고 음험한 마음을 품었다. 도대체 무엇이 괜찮고 어떻게 잘될 거라는 걸까, 다정한 말을 마음 깊은 곳에 새겨넣지 못했다. 마음은 맞는다고 말하지 않으면서도 나는 또 "맞아. 허허." 하고 넘겼다.

여러 날이 지나 나는 정말 괜찮아졌다. 그리고 그이가 괜찮지 않아졌다. 우리의 고난은 왜 순환하는 걸까. 우리는 또 비슷한 술집에 모여 앉았다. 그는 술을 꿀떡꿀떡 넘기고는 고초를 토해낸다. 한동안 듣던 나는 내어줄 말을 고르다가 대화에 빈틈을 만든다. 긴 공백이 너를 더 외롭게 만들까 봐 걱정된다. 정신없이 '괜찮아질 거야, 잘될 거야.'라는 말을 내뱉는다. 내가 가장 신봉치 않았던 그 말을, 기어이.

역지사지가 무엇보다 중요하다고 깨달은 때가 이쯤 같다. 내뱉고 보니 알겠더라. 그 말은 진심이었다는 걸. 알고 보면 차마 담지 못한 위로와 응원이 그 안에 가득하다는 것도.

'(들어보니 네가 정신 똑바로 차리고 잘 처리하고 있네. 그러니까 조금만 있으면 정말로) 괜찮아질 거야. (근데 너 진짜 대단하다. 나라면 힘든 와중에 그렇게 잘 대처하지 못했을 거야. 총명하고 성실한 네가 처리하는 일은 마침내) 잘될 거야.'

이다지도 생략이 무성한 말이었음을 끝내 깨닫는다.

좋은 것들을 힘껏 즐기려
노력하고 있습니다.

불안과 불행에 영문도 없이
빠져버렸던 것처럼

행복에도 영문 없이 빠져봅니다.

과거를 파고들지 않고
미래를 두려워하지 않고

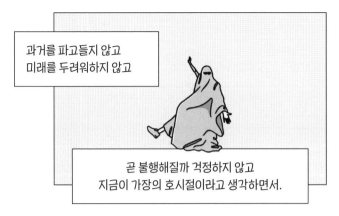

곧 불행해질까 걱정하지 않고
지금이 가장의 호시절이라고 생각하면서.

친구들과는
늙었다 늙었다 장난치지만

사실 나의 가장 젊고 찬란한 날이 지금이란 걸
알아요.

그러니 누리고 있습니다.

풍족지 않은 청춘의 시간도
찬란한 젊음의 기쁨도.

행복에 대한 허락을
누군가에게 받으려고 기다리는 사람처럼

감히 행복해지지 못하고
불안에 나를 가둔 날들이 있었어요.

내 행복에 대한 허락을
왜 외부에 기대고 있을까요.
나는 기꺼이 내게 허락하였습니다.
기꺼이 행복해도 된다고요.
행복하지 않을 이유가 없다고요.
눈이 부시게, 찬란해지자고요.

나를 둘러싼 것들에 감사한 마음을 가지고
누리려고 노력하고 있습니다.

유쾌한 사람들과 주어진 기회들에요.

옛날의 나에게 해주고 싶은 말이 있습니다.
너의 행복은 네가 찾아.

너를 행복하게 해줄 수 있는 사람은
용기 있는 너뿐이야.

행복으로 나아갈 준비를 하자.
탁 켜질 불에 미간을 찡그릴 준비를.

그리고 곧 웃어서 아파질 광대를 견딜 준비를.

집중하는 사람이
멋져 보이는 건 왜일까.

반듯하고 진중한 마음이 보여서일까.
그게 그이의 전반적인 삶의 태도 같아서.

유능하게 되기까지 거쳤을
미숙하고 고단했던 과거를

감히 상상해 본다.
그는 어떤 초라함을 건너왔을까.

침착하게 일을 처리하는 모습을 보면
참 단단해 보여.

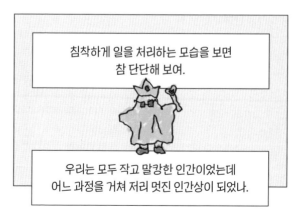

우리는 모두 작고 말캉한 인간이었는데
어느 과정을 거쳐 저리 멋진 인간상이 되었나.

행동은 성격을 반영한다.
행동은 자신을 깎고 다듬고 주무른
그이의 성격을 여실히 드러낸다.
맑고 진중하고 유쾌한 영혼을
잠식시키지 않기 위해
가다듬었을 오랜 날을 상상한다.

눈빛은 정신에서 나온다.
같은 사람이라도

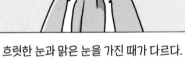

흐릿한 눈과 맑은 눈을 가진 때가 다르다.
때로 잠식당한 인간은 내내 흐린 눈이다.

맑은 눈의 광인을 뜻하는
'맑눈광'이라는 단어가 있는데
나는 이 단어가 어울리는 사람들이 좋다.
곁에 있으면 그렇게 재밌을 수 없다.

적당한 광기는
생을 유쾌한 방향으로 이끈다.

모쪼록 나도
반짝이고 싶다.

빛나는 눈과
말간 마음이기를.

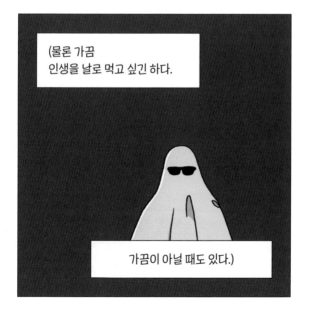

(물론 가끔
인생을 날로 먹고 싶긴 하다.

가끔이 아닐 때도 있다.)

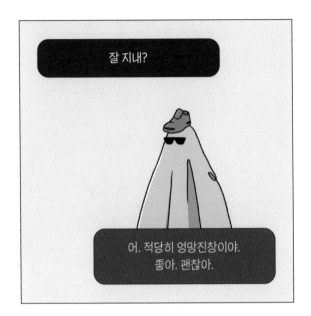

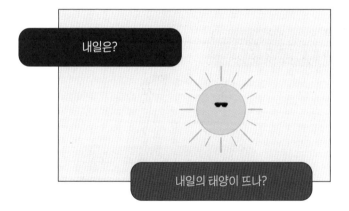

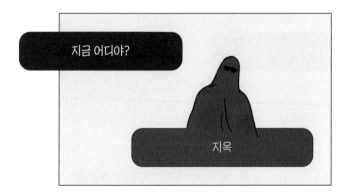

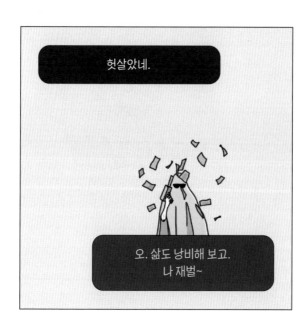

머리가 복잡하다.

어수선한 생각들이
머리와 어깨를 짓누른다.

좀 더 멋진 고민을 하며 사는
어른이 될 줄 알았는데,
현실적인 문제들이 눈앞에 와르르 있다.

재미없고 초라한 문제들.

뒤죽박죽, 엉망진창.
곤죽이 되어버린 머리 안.
문제의 답을 알다가도 모르겠다.
누가 나 대신 뚝딱 해결해 줬으면 좋겠다.
커다란 치마폭에 싸여
안락하게 웅크려 있고만 싶다.

그러나 그럴 순 없다.
메모장을 켠다.

문제들을 좌르륵 적는다.
문제가 많다.

할 일을 적는다.
일이 많다.

우선순위를 정한다.
하나씩 고민하고 해결 방법을 찾는다.

문제를 파고들수록 복잡하고 어렵다.
당장이라도 그만두고 재밌는 거나 보고 싶다.

그러나 정말로 그럴 순 없다.
물을 한 잔 들이켠다.

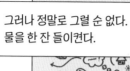

디저트도 한 입 한다.
창밖을 보고 스트레칭을 한 번 한다.

차근차근 알아보면
해결되지 않는 문제는 없고

와르르 망할 일은 없다.
그래, 그렇다고 나를 다독인다.

머리가 아프다.
다 모르겠다.

금방이라도 때려치우고 싶다.
흥청망청 놀고만 싶은데 그게 안 돼서 괴롭고.

글을 와르르 쓴다.
그림을 스륵스륵 그린다.

좀 낫다.
나은 것 같다.

산책으로 도망간다.

또 씩씩하게 돌아와야겠지만.

그런 날도

있지

PART 3

운동하러 가서
15번 해야 하는 거

숫자 일부러 까먹고 12번만 한다.
솔직히 12개 한 거 알았는데도.

초코 맛 먹을래 딸기 맛 먹을래 물어볼 때
딸기 맛을 네 앞으로 조금 더 내밀었어.
나 딸기 맛 별로 안 좋아하거든.

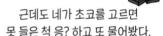

근데도 네가 초코를 고르면
못 들은 척 응? 하고 또 물어봤다.

그리고 진짜 별로인 건,
진짜 진짜 별로인 건 여기 적지도 않았다는 거야.

그냥 보이는 것만 믿어줬으면 좋겠어서.

멋지고
냉철하고

그러면서도 따뜻한 사람처럼
보이고 싶어.

근데 실제로는
하나도 멋없고

냉철은커녕 맨송맨송하고
따뜻은 모르겠고 좀 겁쟁이야.

나 되게 논리적인 척할 때 있는데

사실 그거 그냥 나 좋을 대로 말하는 거야.
너는 늘 속아서 응, 응 그렇지, 하고.

나 되게 멋진 척할 때 있는데

사실 그럴 때마다 속으론 무서웠다.
나 안 멋진 거 들킬까 봐.

사실 속아주고 있는 거 알아.

앞으로도 속아주라.
나 하나도 안 멋진데 멋진 걸로.

사랑은 마음과 마음이 모이는 것.
미지의 마주 닿음에
어떻게 맑은소리만 나겠어.

정도와 순서의 차이인 거지
갈등과 권태를 겪는 것이 마땅하다.

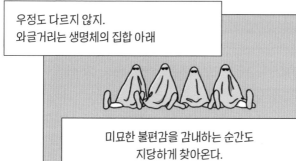

우정도 다르지 않지.
와글거리는 생명체의 집합 아래

미묘한 불편감을 감내하는 순간도
지당하게 찾아온다.

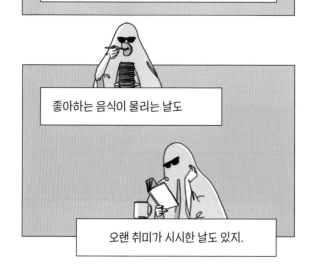

좋아하는 음식이 물리는 날도

오랜 취미가 시시한 날도 있지.

내내 사랑하는 것이 더 부자연스럽다.
사람은 진동하는 마음을 가졌으니.

날씨가 변덕하듯
좋았다가 싫었다가, 사랑했다가 질렸다가.

어떻게 내내
즐거운 마음일 수 있겠어.

그게 훨씬 무서워.
웃도록 설계된 인형이 아니잖아.

나는 움직이는 마음을 가진 사람.
그러니 생에는 사랑이 가득한 순간도

그렇지 않은 순간도 있다.
더할 수 없이 마땅하게.

빈 마음이 잘못되었다고 생각하지 않아.
내내 행복해야 한다는 말은 좀 멀미 나고.

사랑하지 않는 날이 이상하지 않듯
마음이 비어 있는 날도 있다고 생각해.
사랑도 증오도 없이 비어 외롭고
동시에 외롭지 않은 날.

그런 날은
그냥 흘려보내기로 한다.

고갈된 마음에 공연히 더 슬퍼하지 않고.
마른 감정은 그저 누워 있게 두면서.

돌아가는 길

와글거리는 모임이 끝나고

돌아가는 길의 정적이
편안하면서도 쓸쓸하다.

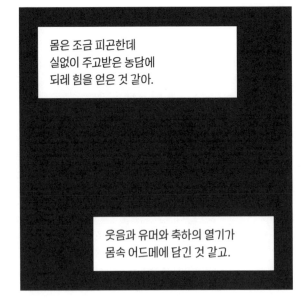

몸은 조금 피곤한데
실없이 주고받은 농담에
되레 힘을 얻은 것 같아.

웃음과 유머와 축하의 열기가
몸속 어드메에 담긴 것 같고.

그러면서도
아까 와르르 웃던 내 모습이

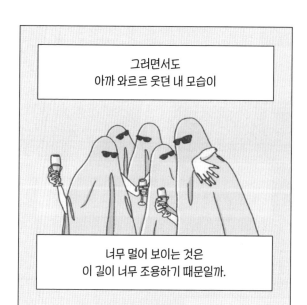

너무 멀어 보이는 것은
이 길이 너무 조용하기 때문일까.

돌아갈 일상을 떠올린다.
안심과 권태를 섞어 예상한다.

내일은 다시 나의 할 일을 해야 한다.
안심이 되면서도 지겨운 건 어쩔 도리가 없다.

혼자 남겨지는 것은
늘 권태로운 밤이어서

돌아가는 길, 어두운 밤에는
부푼 생각에 단단한 머리를 잘 이고 가야만 해.

그러면서도
모임을 자꾸 곱씹어봐.

내 사람들 다 대단하다는 생각을 해.
다들 각자의 불을 찾아서 생을 빛내고 있잖아.
우리 맨날 같이 술이나 먹으면서 진탕 놀았는데,
다들 제 인생 하나 잘 책임지며 나아가고 있구나.

허술한 듯 굴었지만
모두 몹시 분투하고 있었구나.

밖에서는 야무진 사람들이
우리끼리 있을 땐

이다지도 허술하고 웃기다니.
더욱이 사랑하지 않을 이유가 없다.

흥겨운 삶의 한마디가 끝맺어졌다.

이제, 이제 다시 일상으로.

그리고 우리 또 만나.
야무지고 허술한 내 사람들.

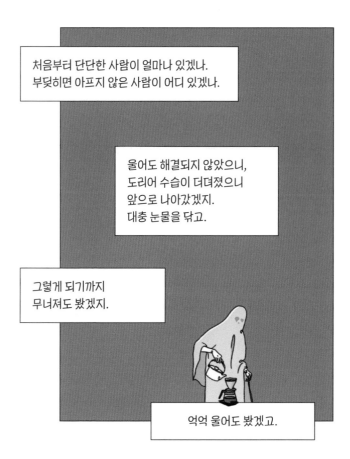

처음부터 단단한 사람이 얼마나 있겠나.
부딪히면 아프지 않은 사람이 어디 있겠나.

울어도 해결되지 않았으니,
도리어 수습이 더뎌졌으니
앞으로 나아갔겠지.
대충 눈물을 닦고.

그렇게 되기까지
무너져도 봤겠지.

억억 울어도 봤겠고.

그러나 끝내
인내하고 견고해야지만

나아갈 수 있다는 걸 알아챘겠지.

혼자 마음을 버티고 서 있다는 걸 알아.
가끔은 버티고 있다는 걸 까먹을 정도로

오래 버텨왔다는 걸 알아.
무뎌져 버린 너의 흉을 알아.

슬픔을 느끼는 게 미안할 만큼
그 단단함은 성스럽게까지 느껴져서

그저 단단한 당신을 바라본다.

오래 바라보니
견고함은 더 이상 슬픔이 아니더라.

너는 굳건히 이겨내며 단단해진 거라
동시에 행복해지는 길도 알게 된 거더라.

그러니 나는 더 슬퍼하지 않아.

너의 견고는
네 생을 마침내 가꾸고 있으니.

그럼에도 무던 마음이 불현듯 쑤셔오면
매번 참지는 말아.
견딜 수 없이 울어지면
언제든 나를 찾아.
쾌히 더운 품을 내어줄게.

행복해지기 위해 단단해진 것이므로

가끔, 진짜 이상한 때 눈물이 날 것 같다. 고요히 설거지하는 이의 뒷모습을 바라볼 때나 누군가의 심장 소리를 가까이서 들을 때, 그리고 내 사람이 단단해 보일 때. 마냥 철없는 줄로만 알았던 이가 어른의 일을 척척 해내는 모습을 발견하면, 울컥 올라오는 마음을 몰래 참는다. 내가 키운 것도 아닌데 왜 이렇게 대견한 건지 모르겠다. 그러면서도 자꾸만 그이의 과거를 그려본다. 여리고 미숙했던 발자취를.

우리는 학생 때 만났다. 우리의 최대 낙은 급식 먹기, 급식 먹고 교정 산책하기 정도였다. 매일 공부하기 싫은 것이 우리 세상에서 가장 불만인 것들이었다. 작은 세계 속에서 우리는 잔뜩 투덜대고 금세 행복해지고 이따금 엉엉 울다가도 땀이 날 정도로 우렁차게 웃었다. 불안정하고 서툴렀지만 그 자체로 충만했다. 그런 우리가 자라 조금 다른 문제를 마주하며 산다. 현실적이고 커다랗지만 궁상맞은 일들. 예컨대 밥벌이나 전세 보증금, 결혼과 출산, 부양가족 문제 같은 것들.

영혼을 갉아먹는 사건들을 마주하며 좌절했다. 사회 초년생에게 사회는 너무 악하고 아팠다. 그렇지만 넘어져 있을 수만은 없었다. 어른이므로. 귀한 것을 잃고, 상처가 흉터로 변하는 동안 많은 것을 얻었다. 울지 않고 문제를 마주하는 법, 차근차근 해결하는 법, 어떤 것이 옳은지 판단하는 법을 뼈에 새기며 터득했다.

몸소 부딪히며 경험치를 쌓아온 너는 이제 정말로 단단해 보인다. 문제가 생기면 오히려 희화화해서 남을 웃기는 도구로 쓸 만큼. 문제가 가득할 미래를 예견하면서도 겁먹지 않고 덤덤히 서 있는 너를 보면 내가 다 든든하다. 그런 너를 보면 나도 뭐든 할 수 있을 것 같다. 그러면서도 가슴이 미어진다. 그렇지만 그냥 웃어 보인다. 그것이 네가 원하는 걸 테니까. 너는 행복해지기 위해 단단해진 것이므로. 우리가 웃는 것이 행복이므로.

어른스러운 와중에 해맑은 모습까지도 잃지 않는 너는 정말로 대단하다. 그런 너와 오래 함께하고 싶다. 그러면 나도 명랑한 어른이 될 것 같으니.

좋아하는 것과
친해지고 싶은 것이

다르다는 말이 깊이 이해된다.

보통은
좋다고 느끼는 순간
가까워지고 싶다고 느끼지만,

어떨 때는
좋아하기에 가까워지는 것이 두렵다.

184

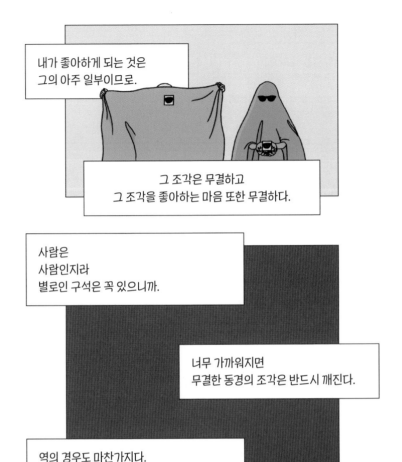

내가 좋아하게 되는 것은
그의 아주 일부이므로.

그 조각은 무결하고
그 조각을 좋아하는 마음 또한 무결하다.

사람은
사람인지라
별로인 구석은 꼭 있으니까.

너무 가까워지면
무결한 동경의 조각은 반드시 깨진다.

역의 경우도 마찬가지다.
내 일부에 반한 사람이
그 일부를 제외한 나머지를 보고
실망하면 어쩌지 싶어 도망간 날이 많았다.

나에게는 그 나머지가 더욱 크게 있고
당신은 아직 그걸 모르는 것 같아서.

작은 반짝임을 제외하고
별로인 구석이 많아서

나는 차라리 머무름을 택했다.

타인에게는
짧지만 좋은 기억만 주고 싶은

이기적이고 어린 마음이 있어서.

사랑과 우정을
기꺼이 나누고 싶다가도

실망을
주고받지 않고 싶다는 마음이 컸어.

자연스레 선이 생겼고

그것이 편리하면서도
때로 외로웠다.

하지만 좋은 사람을
꼭 소유할 필요는 없잖아.

어떤 때는 그저 멀리서
안녕을 빌기도 하면 어때.

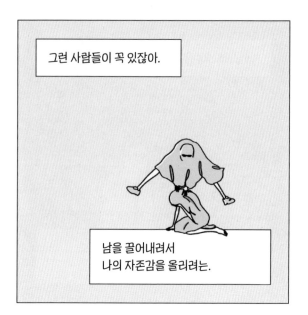

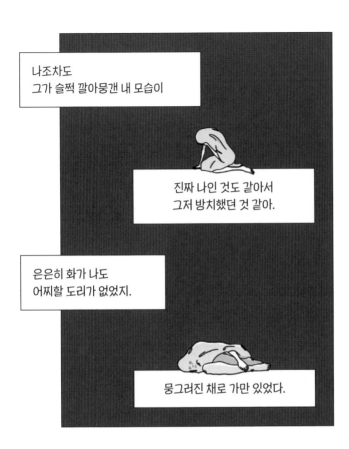

나조차도
그가 슬쩍 깔아뭉갠 내 모습이

진짜 나인 것도 같아서
그저 방치했던 것 같아.

은은히 화가 나도
어찌할 도리가 없었지.

뭉그러진 채로 가만 있었다.

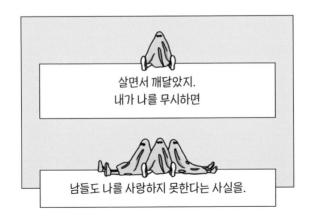

살면서 깨달았지.
내가 나를 무시하면

남들도 나를 사랑하지 못한다는 사실을.

'내가 정말 별로인가' 하는
생각을 들게 하는 사람은

곁에 두지 말자.
그들의 무심에 애태우지 말자.

네 생각은 그렇구나.
너를 인정해.

그리고 나는 내가 옳아.
나는 내가 좋아.

남에게 나를 맞추지 말아.

사람의 무심에도,
세상의 지표에도.

너는 너의 음색에 맞게 노래해.

너의 노래가 맘에 드는 사람들이

곧 모여들어 화음을 보태어줄 테니.

나는 나아갈 거야.
내 마음이 편한 곳으로.

그리고 사랑하는 것들을 끌어안겠어.
미워하는 것들을 구태여 품기에는
우리의 품은 몹시 작고
생은 너무 짧으니까.

숨겨둔 말

다들 아무렇지도 않은 얼굴로

숨겨둔 말이 많지.

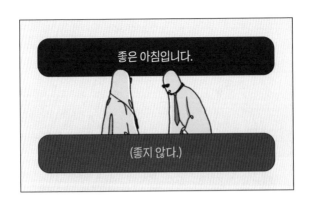

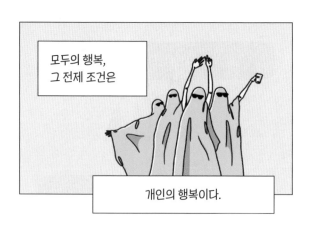

모두의 행복, 개인의 행복

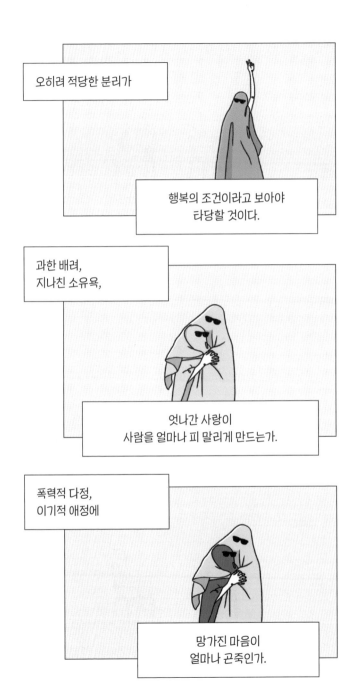

그저 있어줘.
당신의 자리에서

당신의 행복을 우선 챙기면서.
나도 내 자리에서 행복할 테니.

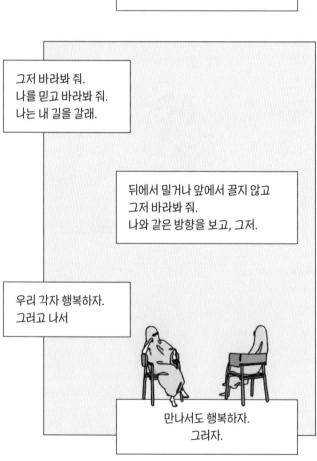

그저 바라봐 줘.
나를 믿고 바라봐 줘.
나는 내 길을 갈래.

뒤에서 밀거나 앞에서 끌지 않고
그저 바라봐 줘.
나와 같은 방향을 보고, 그저.

우리 각자 행복하자.
그리고 나서

만나서도 행복하자.
그러자.

우리
각자의 삶을 잘 들여다보고,

서로의 마음도 잘 들여다보자.
적절한 거리에서.

말에는 힘이 있다.

작은 것을 크게 만들기도
큰 걸 별거 아니게 만들기도 한다.

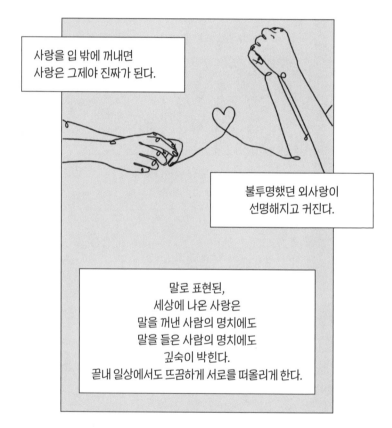

사랑을 입 밖에 꺼내면
사랑은 그제야 진짜가 된다.

불투명했던 외사랑이
선명해지고 커진다.

말로 표현된,
세상에 나온 사랑은
말을 꺼낸 사람의 명치에도
말을 들은 사람의 명치에도
깊숙이 박힌다.
끝내 일상에서도 뜨끔하게 서로를 떠올리게 한다.

슬픔은 오히려 반대다.
슬픔은 홀로 지니고 있을 때 가장 무겁다.

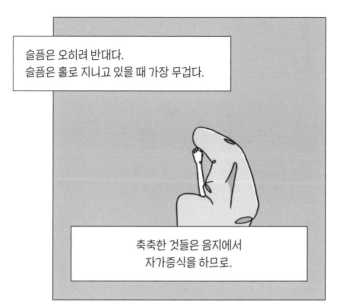

축축한 것들은 음지에서
자가증식을 하므로.

슬픔을 말로 꺼내기란 참 어려운 일이지만,
툭 꺼내는 순간

왜인지 조금은 가벼워져.
좀 별거 아닌 것 같고.

말의 기운은 어디서 탄생할까.

그건 사실 화자보다
청자에게 있을 거야.

사랑을 듣는 당신의 눈빛과
슬픔을 경청하는 당신의 손길에
담긴 다정.

그리하여 만들어지는 몽글한 공기.
공기를 가르는
눈빛과 손길이 말에 힘을 실어.

허공에 혼자 뱉는 말 또한
청자가 나이기 때문에
그 힘이 있다.
그래서 할 수 있다, 괜찮다
하고 나에게 말하는 것은
생각보다 큰 도움이 된다.

그러니 말할게.

슬픔을, 사랑을.
더없는 용기를.

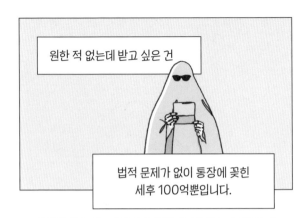

원한 적 없는데 받고 싶은 건

법적 문제가 없이 통장에 꽂힌
세후 100억뿐입니다.

나에게 원한 적 없는 것을 주지 마세요.
주더라도 무엇도 바라지 말아주세요.

그것이 미움이라도, 사랑이라도.

가끔은 두렵습니다.

우리는 허락도 없이
상처를 주고 또 사랑을 주고.

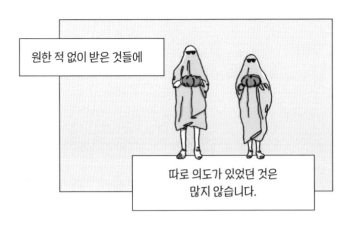

원한 적 없이 받은 것들에

따로 의도가 있었던 것은
많지 않습니다.

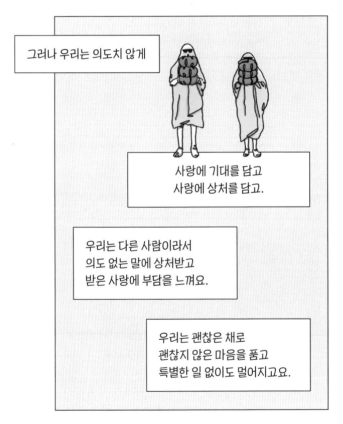

그러나 우리는 의도치 않게

사랑에 기대를 담고
사랑에 상처를 담고.

우리는 다른 사람이라서
의도 없는 말에 상처받고
받은 사랑에 부담을 느껴요.

우리는 괜찮은 채로
괜찮지 않은 마음을 품고
특별한 일 없이도 멀어지고요.

의도치 않은 것.
그것은 어디까지 용서가 되는 걸까요.

나는 어디까지 용서받을 수 있고
어디까지 용서하며 살아야 할까요.

우리는 평생 우리라는 이름 아래 살 순 없고
우리와 먼 사람들과도
오랜 시간을 보내면서 살겠죠.

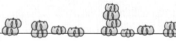

그러다 의도치 않은, 의도한 생의 감정은
희미해질 겁니다.

허락도 용서도

결국은 대화의 영역이지만
우리는 그런 것을 어디 쉬이 입에 올리던가요.

용서하지 못하고
용서받지 못하고,
허락하지 못하고
허락받지 못한 채로
입을 다물고 마음을 다물고
미지근하게 살아가고 있을 뿐입니다.

아무것도 주고받고 싶지 않다

웬만하면 아무것도 주고받지 않고 싶다. 무언가 받으면 반드시 그 이상을 돌려줘야 한다는 생각 때문일까. 소중한 이를 위해 선물을 준비하는 것은 몹시 설레는 일이지만, 그것이 과업처럼 느껴질 때면 마음에 멀미가 난다. 물질적인 것이든, 감정적인 것이든 세상에 대가 없이 주고받을 수 있는 것이 있을까? 발신인이 아무런 의도도 없다고 말해도 나는 무엇이든 좀처럼 순순히 받아들이지 못했다.

그렇지만 무인도에서 살지 않는 이상, 우리는 사람들과 무언가를 끊임없이 주고받으며 산다. 원하지 않았는데 받고 싶은 건 '법적 문제가 없는 세후 100억'뿐인데, 정말이지 마음대로 되는 게 하나도 없다. 그러면서도 의문했다. 나는 왜 받고 싶지 않나.

고백하건대, 처음부터 '웬만하면 아무것도 주고받지 않고 싶다'라는 마음을 품었던 건 아니다. 더 솔직히 말하자면 가장 받고 싶은 것은 '사랑'이었다. 사랑, 지금은 생각만 해도 너무 가렵고 무거운 그 단어를 어릴 때는 너무나 원했다. 노력하지 않아도, 꾸미지 않아도, 아무것도 아니어도, 그냥, 나 자체로 사랑받고 싶었다. 따뜻한 시선, 달콤한 칭찬, 화목한 분위기를 위해 부단히 노력하며 살았지만, 내가 원하는 방식으로 사랑받지 못했던 날을 겪었다. 마음이 점차 쪼그라들었다.

은닉한 마음이 아직도 이불을 덮고 웅크려 있다. 그러면서도 때때로 나를 진정으로 사랑해 줄 이를 고대하며 이불 밖을 빼꼼거렸다. 이불 안팎의 양가감정. 다만 그 사이에서 마냥 쓸쓸하고 싶지만은 않았다. 그리하여 사랑을 목적하지 않는 일에도 힘을 쓰며 살았다.

자기 효능감, 취미, 취향을 쌓는 일에 집중했다. 그렇게 세월을 건너며 조금은 알게 되었다. 타인의 사랑이 아니어도 기쁜 것은 많다는 것을. 사랑에 집착하지 않는 순간 비로소 건강한 사랑이 찾아온다는 것도. 무엇보다 '내가 나를 먼저 사랑하는 것'에 집중하고 있다. 타자의 사랑에 목말라 부서지지 않으려고.

나를 기쁘게 하는 일과 취향에 먼저 집중하니, 주변에 그것들을 좋아하는 이들이 단정히 모여 있다. 그렇게 또 다른 의미의 사랑을 찾아가는 중이다. 납작한 의미의 사랑이 아닌 널찍한 의미로. 내 안에서의 사랑을 쥐어보며.

가까워지는 것은 오래고

멀어지는 것은 순식간이라.

글을 안 썼다.
한 이틀.
몰두할 일이 많아서.

금세 글을 어떻게 쓰는지 아득해진다.
고작 이틀 안 썼다고 이러기야?
빈칸은 매번 생경하게 광활하다.

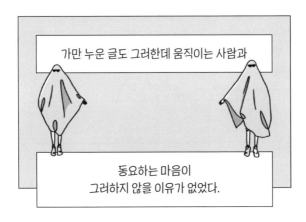

가만 누운 글도 그러한데 움직이는 사람과

동요하는 마음이
그러하지 않을 이유가 없었다.

가까워지는 건 너무 어려워.
그건 여러 번 살펴야만 하는 일이거든.

그 살핌에도 피할 수 없는 어긋남이 있고
상처와 치유의 과정 없이는
결코 가까운 관계가 될 수 없으니까.

멀어지는 건 순식간이야.

의도하든 의도하지 않든
작별은 왜 순식간일까.

박수 칠 때 떠나래.
아쉬울 때 헤어지는 게 좋대.

그 말이 이해되면서도
나는 결코 그렇게 하지 못하리라는 걸 알았다.

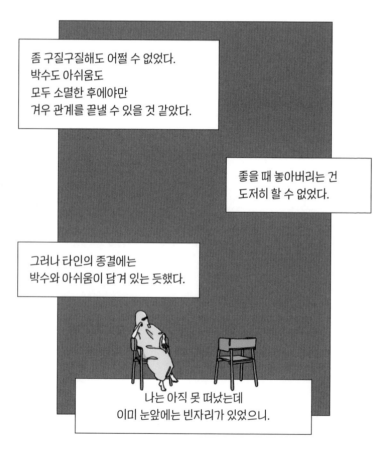

좀 구질구질해도 어쩔 수 없었다.
박수도 아쉬움도
모두 소멸한 후에야만
겨우 관계를 끝낼 수 있을 것 같았다.

좋을 때 놓아버리는 건
도저히 할 수 없었다.

그러나 타인의 종결에는
박수와 아쉬움이 담겨 있는 듯했다.

나는 아직 못 떠났는데
이미 눈앞에는 빈자리가 있었으니.

내 이별은 느렸지만
남의 이별은 순식간이었네.

나는 글을 쓰고 싶은데
글은 나에게 오지 않듯이.

언제나처럼
구질구질하게 붙잡아봤어.

구태여 열 장의 글을 썼고.

지나가 버린
인연에 대해 생각한다.

시절 인연에 대하여.

영원이라는 단어를 침묵하였어도
영원을 꿈처럼 믿게 한

인연이 있었음을.
그렇게 꿈처럼 깨어난 시절을.

우리의 천진을 기억해.
순수하고 서툰 마음도.

미숙하여 상처를 줬지만
꾸밈없는 우물쭈물 사과에
기꺼이 화해했던
우리의 성장을 잊지 못해.

몸이 멀어진 우리의
떨어진 마음을 짐작해.

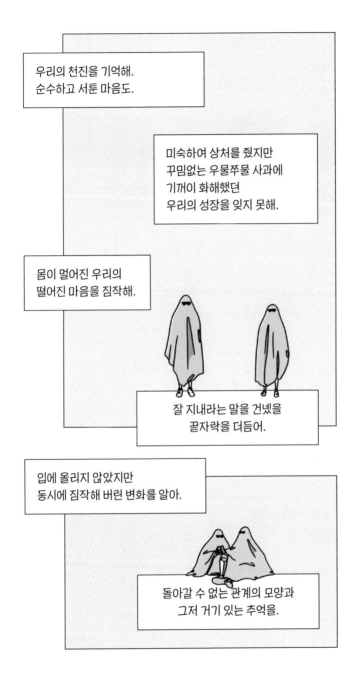

잘 지내라는 말을 건넸을
끝자락을 더듬어.

입에 올리지 않았지만
동시에 짐작해 버린 변화를 알아.

돌아갈 수 없는 관계의 모양과
그저 거기 있는 추억을.

나는 잘 지내.
너는 잘 지내?

나는 안녕해.
너는, 너도 안녕하길.

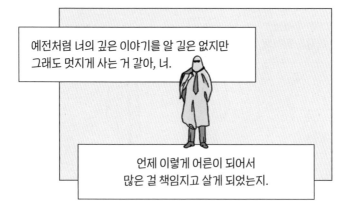

예전처럼 너의 깊은 이야기를 알 길은 없지만
그래도 멋지게 사는 거 같아, 너.

언제 이렇게 어른이 되어서
많은 걸 책임지고 살게 되었는지.

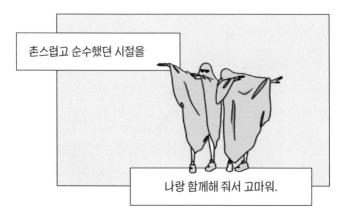

촌스럽고 순수했던 시절을

나랑 함께해 줘서 고마워.

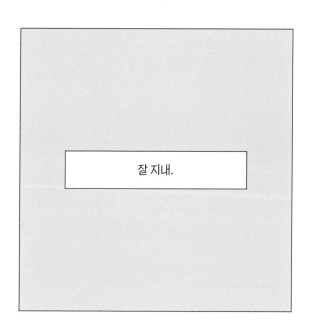

잘 지내.

그러니 너는 말을 오래 골라.
묵묵히 듣고

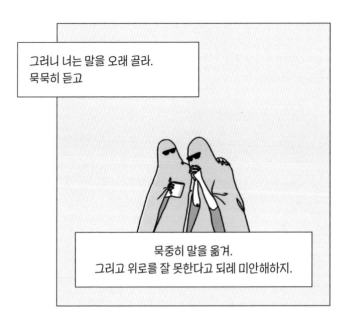

묵중히 말을 옮겨.
그리고 위로를 잘 못한다고 되레 미안해하지.

너의 신중이
나에겐 이미 위로야.

너의 묵묵한 끄덕임이
더없는 위안이야.

말할 수 있는 상대가 되어줘서,
귀한 존재로 남아줘서
이미 고마워.

숨기고 미루는 속상함을
털어내게 만들고
결국 나아가게 만드는 너.

너의 나지막한 공감과
나보다 더 내주는 화와
나는 잘못한 거 하나도 없다고
외쳐주는 진심이
자꾸만 나를 울게 해.

무조건적인 믿음이
얼마나 어려운 건지 알기에

너의 서투른 진심이
존재만으로 귀중하다.

너는 진짜만을 내어주고 싶어서
말을 고르고 또 고르고.
그거 알아?
나는 네가 말을 길게 고르느라
자꾸만 멈칫거리는 걸 오래전에 눈치챘어.
그래서 그 공백마저 나에게는 위로였고.

나도 너에게 진짜를 줄게.
진짜 공감과

진짜 이해와
진짜 진심을.

오래 함께 있어줘.
나의 친구여.

이 메마른 지구에서
나와 함께 유쾌해 줘.

멋진 사람이

되고 싶어

PART 4

나는 이미 각각의 장단점을 맛봤다.
각자마다

참으로 달콤한 장점들이 있고
몸서리쳐지게 마땅찮은 단점들이 있다.

어떻게 살아야 하지.
어릴 땐 이 나이쯤이면 진로쯤은 굳건해서

멋지게 사는 어른이 되어 있을 줄 알았는데.
한결같이 돌쟁이 아기 같다.

어떻게 해서든 먹고야 살겠지만,
어떤 걸 업으로 삼든 스트레스야 받겠지만,

몸은 몰라도 마음 하나 편한 선택을 하고 싶다.
(물론 몸도 편하면 좋겠음.)

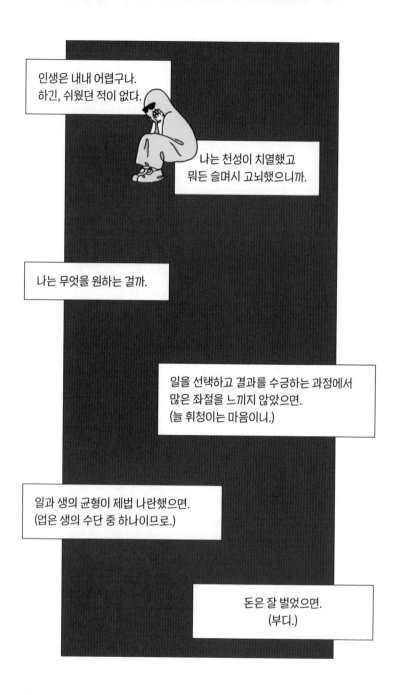

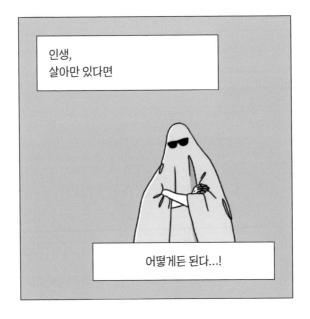

아리송한 자세가

대체로 내가
삶을 사는 자세가 아닐까.

이 길이 맞나?

잘하고 있나?

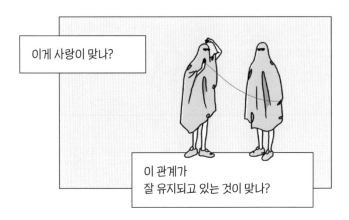

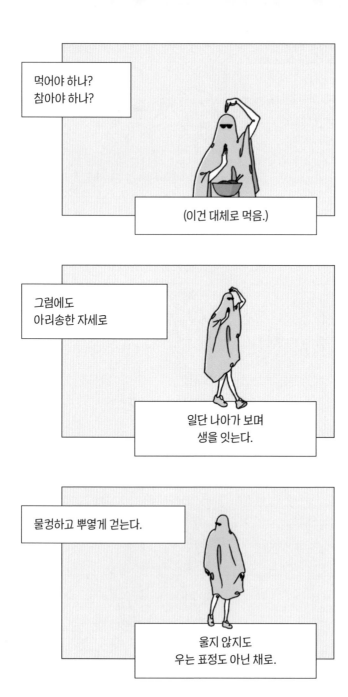

먹어야 하나?
참아야 하나?

(이건 대체로 먹음.)

그럼에도
아리송한 자세로

일단 나아가 보며
생을 잇는다.

물컹하고 뿌옇게 걷는다.

울지 않지도
우는 표정도 아닌 채로.

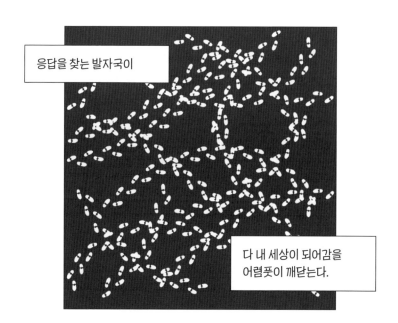

응답을 찾는 발자국이

다 내 세상이 되어감을
어렴풋이 깨닫는다.

까무룩 잠에 드는 날에는
분명한 표정일 수 있을까?

이마저도 물음표임을.

실수하면 어떻게 하시죠?

'인간미를 들켜버렸군. 에쿵.' 하고 넘어가요.
세상에 실수 안 하는 인간이 어딨습니까.
그에 연연하면 남은 것도 망하기 마련입니다.

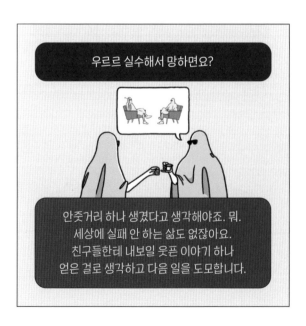

우르르 실수해서 망하면요?

안줏거리 하나 생겼다고 생각해야죠. 뭐.
세상에 실패 안 하는 삶도 없잖아요.
친구들한테 내보일 웃픈 이야기 하나
얻은 걸로 생각하고 다음 일을 도모합니다.

그럼에도 불안이 찾아오면 어떻게 하죠?

그러면 불안을 적극적으로 활용해요.
누워서 불안해지는 않는 거예요.
책상 앞에 앉은 후,
불안 시뮬레이션으로 생성된
실수 시나리오에 대비하여 판을 짭니다.

그러면 겁먹은 채로 끝까지 갈 수 있습니다.

이왕이면, 굳이

고백하자면
난 그렇게 좋은 사람은 아니다.

이왕이면의 마음으로 살 뿐.

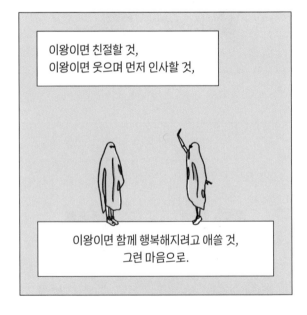

이왕이면 친절할 것,
이왕이면 웃으며 먼저 인사할 것,

이왕이면 함께 행복해지려고 애쓸 것,
그런 마음으로.

이왕 사진 찍어줄 거면 백 장 정도는 찍어주고,

이왕 선물할 거면 그 사람이
가장 좋아할 만한 것을 고심하고,
이왕 대화할 거면 좋은 단어를 쓰는 것.

요사이에 유행했던
굳이의 마음으로도 살아보고 싶다.
굳이 예쁜 그릇에 음식을 플레이팅하고,
굳이 조개구이 먹으려 바닷가에 가고,
굳이 메신저 대신 손 편지를 쓰는 것.
굳이, 낭만을 위해서.

친절은 생각보다 체력이 드는 일이다.
남에게로 향하든, 나에게로 향하든.

친절은 언제부턴가 동화 속의 그것 같다.
우린 한정된 체력을 가졌고 늘 상냥할 수는 없다.

늘 상냥하지 않은 것이 잘못된 일은 아니다.
다만 체력이 허락하는 순간에

이왕이면 하는 마음으로 다정을 베풀 순 있겠지.
베푼 다정으로 충만해지는 건 결국 나니까.

마찬가지로
낭만은 성가신 일이다.
굳이 불을 피워서 눈이 맵게 고기를 굽고,
굳이 모닥불에 마시멜로를 구워 먹고,
굳이 같은 자세로 단체 사진을 찍고,
굳이 불편하게 한방에서 자는 것.

그러나 거추장과 불편함이

결국 추억이 되었음을
깨닫는 순간이 온다.

이왕이면 친절하고

굳이 낭만을 위해 살자.

마침내 데워지는 것은
보드라워진 내 마음일 테니.

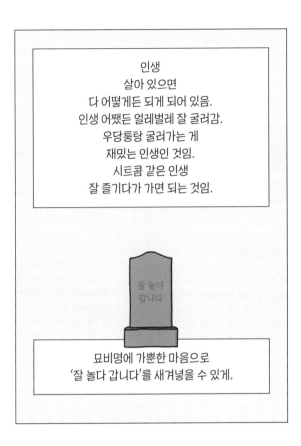

인생
살아 있으면
다 어떻게든 되게 되어 있음.
인생 어쨌든 얼레벌레 잘 굴러감.
우당탕탕 굴러가는 게
재밌는 인생인 것임.
시트콤 같은 인생
잘 즐기다가 가면 되는 것임.

묘비명에 가뿐한 마음으로
'잘 놀다 갑니다'를 새겨넣을 수 있게.

지나가지 않는 일은 없음.
끝나지 않는 것은 없음.

그러니까 행복은 최대로 즐기고
불운은 지나가게 돼야 하는 것임.

내 인생
남에게 잘 설명할 필요도 없음.

그냥 내 맘 하나
편하게 살면 그게 최고임.

세상의 멸망을 떠올리는 일보다
멸망이 없다고 떠올리는 것이 더 끔찍함.

끝이 있으니
모든 게 유의미한 것임.

다들 남한테 크게 관심 없음.
남 인생에 관심 많은 사람은

자기 인생 재미없어서 그런 것임.
그러니까 그냥 나는 내 인생 살면 됨.

괜찮을 것임.
해결하지 못할 일들은 거의 없음.
아주아주 소량의,
도저히 해결할 수 없는 일은
걱정해 봤자 어쩔 수 없음.
해결 안 된 채로 다른 곳에서 행복 찾으면 됨.

잘될 것임.
내가 앎.

올곧고 맑은 사람이 부럽다.

매사에 쓸데없는
걱정이 없는 사람.

해답이 있는 문제만을 짧게 고민하고

구김살이 없는 사람이 되고 싶었다.

이제 와서는 아주 올곧아질 수는
없겠다는 생각에

명치가 오래 저렸다.

이미 구겨진 종이 같다.

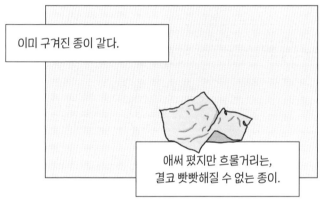

애써 폈지만 흐물거리는,
결코 빳빳해질 수 없는 종이.

평소에는 희고 두터운 종이인 양
그들 사이에 섞여 있었다.

제법 구겨지지 않은 종이인 듯했을 것이다.
나조차도 그렇게 느꼈으니까.

다만 혼자 남은 날.

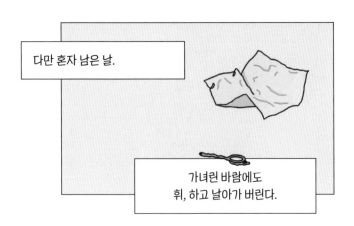

가녀린 바람에도
휘, 하고 날아가 버린다.

센 것은 따가운 것이라 생각했다.
울퉁불퉁, 뾰족뾰족한 모양.

이미 구겨져 약해진
방어기제인 줄도 모르고.

정말 강한 것은

올곧고 맑은 것에 있다는 걸
깨달은 건 너무 나중이었다.

자신이 없습니다.

티 내지 않을 뿐이고요.

깊은 생각에 빠집니다.
내가 이 일을 잘해낼 수 있을까.
부족함만 들키고 끝나진 않을까.

길에 난데없이 자신감을 흘리고 온 사람처럼
아무리 뒤져도 없는 자신감을 깨닫고
심장이 한발 늦게 쿵쿵거림을 느낍니다.

컵떡볶이를 먹으며 지나가는 저 친구와
나는

여즉 크게 다르지 않은 것 같은데
어떡하지 싶어요.

언제쯤이면
자신감을 가질 수 있을까요?

두렵습니다.
두렵지 않은 적이 없었습니다.

이 불안함이
나를 움직이게 하는 원동력임을 알지만

불안함에 침을 꼴깍 삼키게 되는 건
참 불가항력적이지요.

이 불안을
누구도 해소해 줄 수 없다는 걸 알아요.
결국 모든 건 내 몫입니다.
그 사실에 견딜 수 없이 두렵다가도
결국은 홀로 툭툭 일어날 밖에요.
뭐 어쩌겠어요.

불안을 이기는 방법은
몸을 움직이는 것,
일단 하는 것이라는 걸 알아요.
그래서 일단 합니다.
그래요, 뭐 어쩌겠어요.

내 선택에 책임지는 사람이 되고 싶어요.
이왕이면 멋지게.

실패하더라도 장렬하게 할 것입니다.
불안하다면 오히려 최선을 다해야겠죠.

해내야죠, 어쩌겠어요.

나아가야죠,
내가 선택한 길이니까요.

모든 게 내 삶에 멋진 획이 될 거라는 걸 알아요.

그것이 비록 실패이더라도.
우리는 늘 무언가를 잃지만은 않으니까요.

무기력 밀어내기

나는 무기력이 자주 방문하는 종류의 인간이다. 은은한 무력을 비염처럼 달고 사는 인간. 다만 어슴푸레하므로 곧잘 숨길 수 있고 별안간 증발하기도 한다. 무기력이나 우울을 어떻게 이겨내느냐는 질문을 받으면 꽤 곤란하다.

나는 이겨내 본 적이 별로 없다. 보통 비기는 편이다. 비기는 게 뭐냐 하면, 늘어진 태엽을 가만두고 느슨하게 일상을 사는 것이다. 이겨내야 한다는 의식 없이, 이건 잘못이 아니니 이겨내지 않아도 된다고 여기면서. 누워지면 눕고, 나른하면 자고, 사랑하고 싶지 않으면 사랑 않으면서.

한참을 해이하게 지내다 보면 얕은 무기력은 느릿느릿 옅어진다. 먹고 싶은 메뉴, 보고 싶은 영화, 가고 싶은 장소, 만나고 싶은 사람이 머릿속에 뭉게뭉게 떠오른다. 고갈되었던 의지가 하나 두 개 피어나면 지체 않고 행한다. 오늘 저녁엔 기깔나는 타코를 먹자, 내일은 가고 싶었던 서점에 가자, 모레는 웃긴 친구들을 만나자 하는 식으로.

다만 깊다란 무력은 이야기가 다르다. 그는 아주 오래 내 영혼에 달라붙어 있는다.

언젠가 쉴 수 없는 날에 길쭉한 무기력이 벌컥 난입한 적이 있다. 그는 내 키보다, 내 일일보다 덩치가 커서 어쩔 수 없이 느루 메고 다녔다. 그 기간에는 사무실 앞에서 출입증을 찍으려 올리는 손조차 무거웠다. 즐겨 해온 운동이나 그림도 재미가 없고, 원래 재미없던 노동은 더 재미가 없었다. 그렇지만 노동자는 쉴 수 없지.

동태 같은 눈알을 묻어둔 채 일상을 살아가야 했다. 너무 많은 사람에 둘러싸여 살았다. 그들에게 들키고 싶지 않은 게 한가득이었다. 무기력도 슬픔도 분노도. 그러니 마음은 가라앉았는데 힘을 꽉 주고 직립했다. 몸으로 기억하는 감각으로 웃고 대답하고 일하고. 숨을 쉬어도 폐는 가득 차지 않고 온몸의 근육이 흐늘흐늘한 느낌이었다.

그렇게 두어 달, 누울 때마다 '왜'를 생각했다. 왜 무기력한가. 얼마 전까지는 잘 지냈잖아. 큰일이 있던 것도 아닌데 나는 왜 이리 고단하나. 몸은 왜 이리 누워지고, 마음은 왜 이리 눅눅하고, 눈빛은 왜 이리 건조하고. 알 도리가 없었다. 그런 탐구조차 이어 나갈 기운이 없으므로. 다들 건전지를 낀 최신식 인형 같은데 나만이 태엽 인형이다. 자꾸만 늘어지고, 멈추고, 꾸역꾸역 당겨 감고, 다시 늘어지고, 또 반복.

시간이 흘러 또 두어 달, 마침내 용기를 내어 벌컥 패배했다. 이번에는 비기지 않고 씩씩하게 운 것이다. 어떤 계기로 울게 되었는지 잘 기억나진 않는다. 맛없는 음식을 꾸역꾸역 먹고 체해서 그랬는지, 잘못 빨아서 작아진 와이셔츠를 보며 스스로 멍청하다고 여겨서 그랬는지, 꼬여버린 목걸이가 더럽게 안 풀려서 그랬는지. 어쨌든 힘을 꽉 주고 엉엉 울어버렸다.

통곡하니 외려 가슴이 통쾌했다. 이건 무기력, 그러니까 단지 힘이 없던 게 아니라 무척 힘든 상태였음을 깨달았다. 서서히 지쳐왔구나, 나조차도 모르게 많은 걸 견뎌왔구나, 괜찮다는 말을 방어막 삼아 괜찮지 않았구나. 힘을 내고 싶었구나. 마음이 몸에게 무기력으로 신호를 보낸 거구나.

'힘줘서 힘들다고 말해. 힘내서 울어. 힘내서, 힘내서 언젠가는 평안하고 싶어.' 속삭이는 영혼.

우렁차게 울었고 힘차게 패배했다. 힘내서 힘듦을 인정했다. 조금은 맑아진 정신과 눈빛으로 나를 힘들게 하는 것들을 찾아냈다. 그들을 찬찬하고 은근하게 밀어냈다. 싫은 곳에서 도망칠 것, 유쾌하지 않은 것은 무시할 것, 나를 평안하게 만드는 것들로 내 일상을 구성할 것. 불행을 타파할 수 있는 행위에 힘을 쏟았다. 일련의 과정을 지나며 뭉근한 무기력은 은밀하게 자취를 감췄다.

마침내 승리했다. 패배함으로써.

처음부터
멋있는 사람이 어디 있어.

다 시행착오를 겪는 거지.

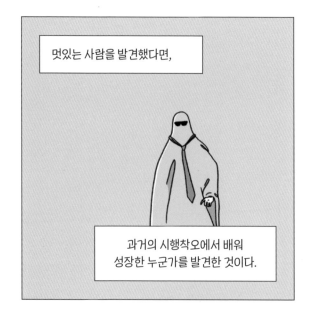

멋있는 사람을 발견했다면,

과거의 시행착오에서 배워
성장한 누군가를 발견한 것이다.

세상엔
멋있는 척하는 사람은 많아.

진짜 멋있는 사람은 많지 않고.

멋있는 척하지 않으면서
멋있는 거.

그거 진짜 어렵다.

멋있어지려면

배움의 자세가 필요하다.
배려의 자세 또한.

주로 뭐가 멋있다고 생각해?
싸워서 이기는 사람?

나는 싸우지 않고
이기는 사람이라고 생각해.

침착하고 이성적이되

동시에 약간의 인류애가 있고
잘 배운 다정을 지닌 사람.

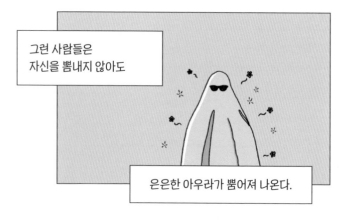

그런 사람들은
자신을 뽐내지 않아도

은은한 아우라가 뿜어져 나온다.

멋있어지고 싶다.

그래서 계속 배울 거야.
배려할 거고.

창피한 시행착오를 이겨내고

멋진 사람이 되고 싶어.

겁이 많아서

내키지 않았어도
안정적인 걸 추구했다가

결국은 마음 깊은 곳에 품었던
이상향을 따라간다.

그래서 내내 헤매는 생을 산다.

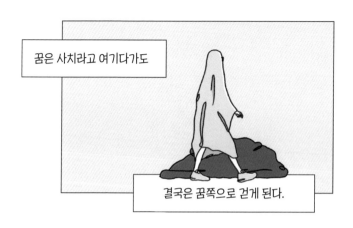

꿈은 사치라고 여기다가도

결국은 꿈쪽으로 걷게 된다.

갈팡질팡 고민하다가
팡하고 마음이 터져서

결국 한 발짝 늦은
걸음을 당차게 뗀다.

그걸 후회하진 않아.
다른 곳에 몸담았던 경험은

언젠가의 나에게
끝내 도움이 되니까.

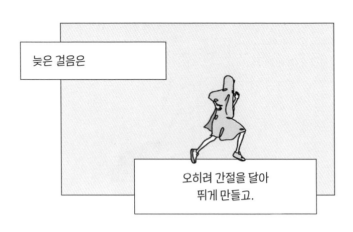

늦은 걸음은

오히려 간절을 달아
뛰게 만들고.

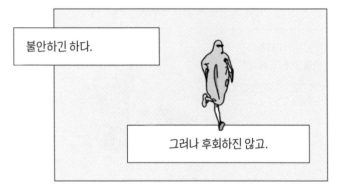

불안하긴 하다.

그러나 후회하진 않고.

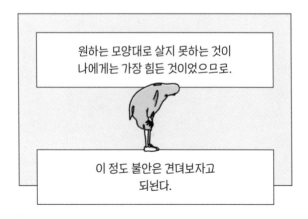

원하는 모양대로 살지 못하는 것이
나에게는 가장 힘든 것이었으므로.

이 정도 불안은 견뎌보자고
되뇐다.

처음이라 겪는
실수, 실패, 부끄러움을

참아내고 이겨낸다.

이상향에 가까워지기 위해
미약한 재능과 마음이 넘어지는 일을

묵묵히 견디고
다시 일어날 뿐이다.

엉성한 휴식

잘 쉬는 게 참 어렵다.

애매하고
엉성하게 쉬기 일쑤이다.

(물론 남들이 보면 그냥 누워 있는,
잘 쉬고 있는 사람 같은데)

실은 누워서 영상만 봐도 되나 싶은
은은한 죄책감에 사로잡혀 있다.

맛도 먹어본 사람이 안다고
휴식도 쉬어본 사람이 제대로 하나보다.

나는 참 애매하게도
불편한 휴식 시간을 보낸다.
잘 쉬어야 일도 잘할 텐데
왜인지 뭐라도 해야 할 것만 같아.

나만 누워 도태되는 것 같고

다들 쉼 없이 자라는 것 같다.

뭐든 잘하고 싶다.
쉬는 것까지.

그러니까 대부분 그래 왔듯
쉬는 것까지 엉성히 해내고.

툭 건전지를 분리하듯이

손쉽게
절전 상태로 들어가고 싶어.

이러다가 또
필요한 순간에 힘이 들겠지.

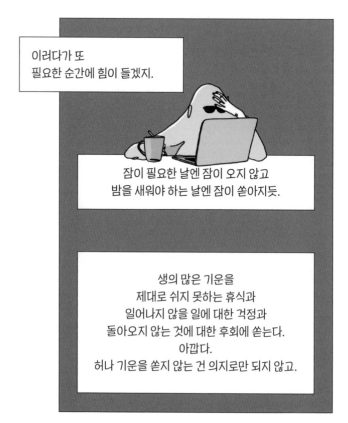

잠이 필요한 날엔 잠이 오지 않고
밤을 새워야 하는 날엔 잠이 쏟아지듯.

생의 많은 기운을
제대로 쉬지 못하는 휴식과
일어나지 않을 일에 대한 걱정과
돌아오지 않는 것에 대한 후회에 쏟는다.
아깝다.
허나 기운을 쏟지 않는 건 의지로만 되지 않고.

은은한 죄책감.
드리운 불안감.

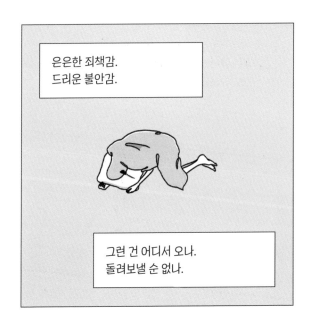

그런 건 어디서 오나.
돌려보낼 순 없나.

엉성한 휴식으로
애매하게 가벼워진 몸을

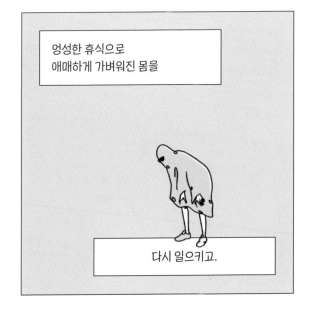

다시 일으키고.

어쨌든 살아가고 있습니다.

너무 먼 미래를 걱정하지 않고,
너무 먼 과거를 파고들지 않고.

정확히는

그렇게 하지 않으려고
부단히 노력하면서요.

제 생각은 자주 허무맹랑한 방향이었습니다.
몹시 먼 이야기이거나

걱정한다고 해결되지 않거나
보통은 일어나지 않을 일이었어요.

그것이 나를 갉아 먹는다는 것을 알아도

쉽게 멈출 수는 없는 것이었습니다.

그렇다고 노력조차 하지 않으면 안 되었어요.

노력할 수 없는 날에는,
그래, 노력하지 않았어요.

그러나 노력할 수 있는 날에는
버둥거리며 나은 내가 되려고 했어요.

단박에 바뀌기란
얼마나 어려운 일인지요.
노력과 결과의 괴리를
빤히 바라보는 일은
때로 무척 괴로워서
다시 발걸음을 멎게 만드는 것이었죠.

나를 파괴할 권리는
나에게 있지만,

나를 온전히 부양할 의무도
없다고 할 수 없었죠.

나는 나를 포기하지 않으려고,

많은 것을 포기하고

역시 많은 것을 포기하지 않고 있어요.

그래요.
어쨌든 살아가고 있습니다.

아주 가까운 거리만을 생각하고 있어요.
지금의 일,
오늘의 식사,
이번 달의 일정,
다음 달의 여행 계획,
그런 가깝고 명확한 것들이요.

그렇게 나를 포기하지 않고 있습니다.

내게 진짜 소중한 것

어떻게 살아야 할까,
어떻게 살아야 남부럽지 않게 살 수 있을까.

그런 질문을 참 많이 던지며 살았습니다.
그것이 이따금 무거운 짐이 되었고요.

잘 살고 싶었습니다.
돈과 명예에 대한 욕심이 없었다면 거짓이겠죠.

성실은 태생적인 것만이 아니었습니다.
오히려 부단한 노력의 영역이었어요.

이 세상에서 내가 주인공이길,
적어도 비중 있는 근사한 역할이길 바라다가

그렇지 않은 생의 순간을 맞닥뜨리고
쓰라린 마음을 부여잡은 것이 여러 날이었지요.

멋진 사람,
여유 있는 사람,

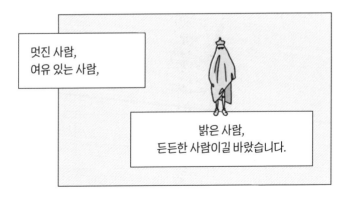

밝은 사람,
든든한 사람이길 바랐습니다.

나를 나의 눈으로 보지 않고
남의 눈에 비춰봤습니다.

'이 정도면 나쁘지 않게 보이겠지?
이상하진 않겠지?'
아닌 척 남의 평균에 나를 저울질했습니다.

빗대는 마음을 더 이상 견딜 수 없을 때,
나도 세상도 포기하고 싶을 때,

나는 나를 포기하지 않으려고
잘 살고 싶은 마음을 포기했습니다.

돌이켜 생각해 보니

나를 괴롭히던 것은 세상이 아니었습니다.

내 마음이었어요.

그걸 깨달은 이후로
꼭대기가 되려 하지 말고

소중한 것이 되자고 다짐했습니다.
나는, 내가 되자고요.

자유를 지향하며 살려고 해요.
남에게 해를 끼치지 않을 정도로만.
남부럽지 않게 사는 것을 목적으로 하지 않고
남부끄럽지 않게 살래요.
멋지진 않아도
내 맘 하나 편하게 살 거예요.

주변 사람들의 축하에
형체가 없는
성취의 모양을 짐작해.

축하를 받으니
이뤄낸 것이 내 것이구나 싶어.

벙벙한 성공으로

자신감인지 자존감인지 모를 것들이
조금은 올라간 것 같았다.

그러나 황홀한
성취의 기쁨은

생각보다 오래가지 않는다.

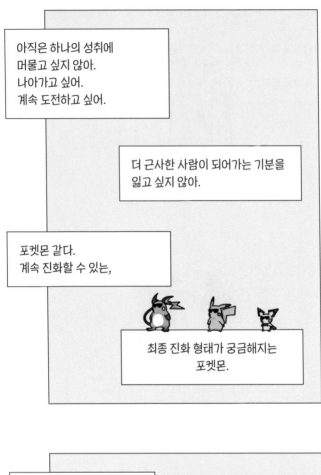

아직은 하나의 성취에
머물고 싶지 않아.
나아가고 싶어.
계속 도전하고 싶어.

더 근사한 사람이 되어가는 기분을
잃고 싶지 않아.

포켓몬 같다.
계속 진화할 수 있는,

최종 진화 형태가 궁금해지는
포켓몬.

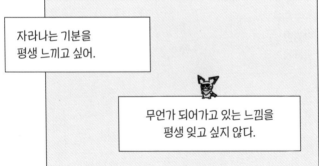

자라나는 기분을
평생 느끼고 싶어.

무언가 되어가고 있는 느낌을
평생 잊고 싶지 않다.

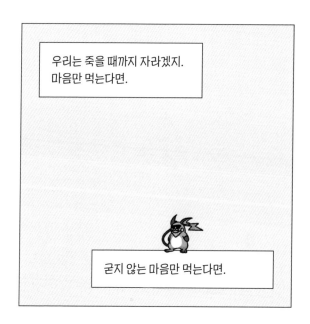

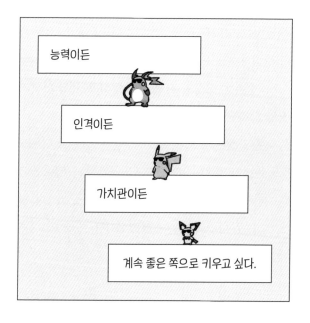

메타몽처럼

평범한 내가 싫었다. 그렇다고 이상한 사람이 되는 건 더 싫었다. 적당히 개성적이고 비상하지만 이상하진 않은 사람, 그런 사람이 되고 싶었다. 그렇지만 요리와 삶에서 가장 어려운 것이 '적당히'다. 어떤 게 적당히 개성적인 거지? 꽤나 유쾌하고 어느 정도 진중하고 약간은 무심하지만 은은하게 다정한 사람이 되려면 어떻게 해야 하지? 그런 종류의 질문을 사는 내내 던졌고, 해답을 찾기 위해 자주 내 모양을 바꾼다. 메타몽처럼.

메타몽, 다른 포켓몬의 모습으로 변신할 수 있는 포켓몬. 그렇지만 그에게도 허점이 있으니, 바로 90%만 복제할 수 있다는 것이다. 나는 인간 메타몽이라고 생각했는데 그 축에도 못 끼겠다. 닮고 싶은 것의 30%도 못 따라가겠으니. 부끄럽지만, 메타몽도 못되었던 날들의 이야기를 털어놔 본다.

언젠가 시에 푹 빠진 때가 있었다. 얇고 가벼운 시집에서 광활하고 육중한 활자를 발견하면 느껴지던 전율, 진작 잃어버렸던 단어를 요행으로 줍는 감각이 좋았다. 나는 글을 오래 써왔고, 그것은 흔하고 평범한 일기의 형상이었다. 시를 사랑하게 된 후, 내 노트가 더없이 초라해 보였다. 나는 시인을 흉내 내기 시작했다. 너무 많은 것을 생략하다가 너무 많이 쓰기도 하고 뚱딴지 같은 어려운 낱말을 찾아 넣기도 했다. 표면 거죽을 구워삶는 데만 몰두한 것이다.

시인을 복제하려 했지만 ㅅ의 모양으로 지내던 어느 날, 한 수필 작가의 이야기를 들었다.

'문학은 웅장한 것이기도 하지만 웃긴 것이기도 해요.'

그제야 문학은 매번 무겁지 않아도 되는 것, 고상한 기교가 덧붙여지지 않아도 되는 것이 되었다. 이후로는 한참 날것의 이야기, 이왕이면 웃긴 걸 썼다. 대충 살고 싶고, 가능하면 누워 있고 싶고, 그렇지만 얼렁뚱땅 부와 명예를 얻었으면 좋겠다는 고백. 난 좋은 사람이 아니고 다들 속고 있는 것 같다는, 그렇지만 막 못된 사람은 아니라는 구차한 자백을 줄줄이 썼다.

또 한참 지난 지금, 내 글은 어떻지? 그들의 멋짐을 조금씩 빨아들여 쓴 내 글은 탁한 색인가, 적당한 색인가? 이 글을 읽은 사람들은 나를 꽤나 유쾌하고 어느 정도 진중하고 은은하게 다정한 사람이라고 생각해 주려나? 적당히 개성적이지만 이상하진 않은 사람이라고?

알 수 없으니 그저 쓴다. 어떤 날에는 투박한 글을 어떤 때에는 미끈한 글을 쓰겠지. 그런 날이 모여 결국 내 글이 될 것이다. 어떤 글이 좋은 글인지는 아직도 모르겠다. 그래서 그냥 좋아하는 글을 쓴다. 좋아하는 것들을 조금씩 닮아가되 다듬어진 나만의 글을 쓰고 싶다. 오래도록.

좋아하는 걸
자꾸만 업으로 만든다.

저주인가
축복인가 알 수 없고.

좋아하는 일과
돈 버는 일의 통일은

원망 섞인 축복.

어릴 땐 당연할 줄 알았던
일과 일의 대통합은

안팎으로 힘들다.

누구를 원망하겠는가.

내가 선택한 길이다.
악으로 깡으로 버티는 마음.

연거푸 취미가 사라진다.

웃는 눈과 우는 입으로
시작하는 노동.

일에서
정체성을 찾으려고 하니

좋아하는 걸 업으로 삼는 건
당연한 수순인가.

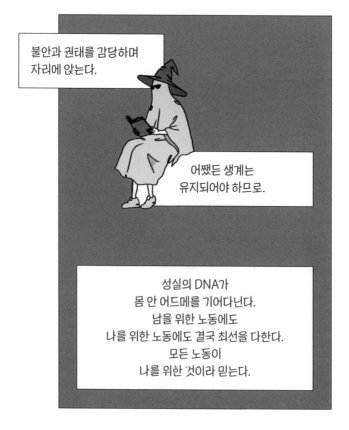

불안과 권태를 감당하며
자리에 앉는다.

어쨌든 생계는
유지되어야 하므로.

성실의 DNA가
몸 안 어드메를 기어다닌다.
남을 위한 노동에도
나를 위한 노동에도 결국 최선을 다한다.
모든 노동이
나를 위한 것이라 믿는다.

좋아하는 일을
업으로 삼는 건

감미로운 저주이자
거친 축복이라고 하자.

행복...하다.

행복이 맞는 것 같다.

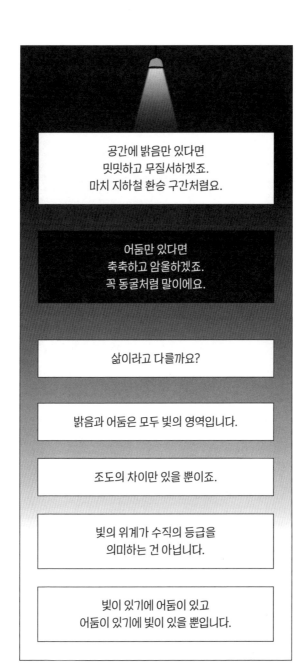

공간에 밝음만 있다면
밋밋하고 무질서하겠죠.
마치 지하철 환승 구간처럼요.

어둠만 있다면
축축하고 암울하겠죠.
꼭 동굴처럼 말이에요.

삶이라고 다를까요?

밝음과 어둠은 모두 빛의 영역입니다.

조도의 차이만 있을 뿐이죠.

빛의 위계가 수직의 등급을
의미하는 건 아닙니다.

빛이 있기에 어둠이 있고
어둠이 있기에 빛이 있을 뿐입니다.

삶이 내내 행복할 순 없겠죠.
깜깜한 불행도

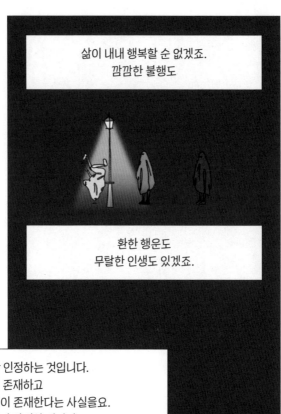

환한 행운도
무탈한 인생도 있겠죠.

다만 인정하는 것입니다.
빛이 존재하고
어둠이 존재한다는 사실을요.
그것이 당연한 것이며
단순한 잘잘못의 영역이 아님을요.

밝은 쪽에 계시는가요,
어두운 쪽에 계시는가요?
어느 구간에 있든
밝음과 어둠을 그대로 인정하는 순간
우리의 삶은 다채로워집니다.

빛과 어둠은
삶을 구획합니다.

마침내 멀리서 바라본 우리의 삶은
하나의 근사한 풍경이 되어 있을 거예요.

삶에 행복만 있다면
그건 더 이상 행복이 아닐 것이고

삶에 불행만 있지는 않을 겁니다, 분명히.
그러니 빛과 어둠을 모두 인정하고 살아가요.
살아봐요, 우리.

답서

'덕분에 여름의 나이테를
갖게 될 것 같습니다.'

편지의 마지막께에는
그렇게 적혀 있었습니다.

'그 생장의 자양분이자
빛이 되어주셔서 영광이었습니다.'

그것이 다음 문장이었고요.

첫 클래스 수강생님이
꼭꼭 눌러써 주신

작별 편지에
오래 전율했습니다.

너무 큰 문장을
덜컥 받아버려서

조금 부끄럽고
많이 감명했지요.

청량한 찬사를 받을 만큼
대단치 않다고 여긴 것이
누군가에게는
도움이 되는 일이었음에
감사해 마지않습니다.

글의 구원을 믿어요.
문학은 물론이거니와
편지에 우람한 힘이 있음을.
어떤 글은 깊다랗고 뜨거워서
그 활자가 마음 깊은 곳에
보드라운 열상처럼 새겨집니다.

그 자국은
효험 있는 부적처럼

행복 부적

내면을 보살피고요.

다정한 언어에
구원을 받았습니다.

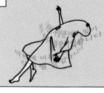

이 문장이 언젠가 또 축축해질 나를
구하리라는 걸 압니다.

짤막한 답서를 보냅니다.

어릴 적 그리던 해는
선글라스를 끼고 웃고 있었는데
그 이유를 오늘에야 깨닫습니다.
기꺼이 빛을 받아 싹을 틔우는 이들이
눈물겹게 아름다웠기 때문이에요.
바람에도 지지 않고, 추위에도 굴복지 않고.

각별한 마음을 보냅니다.
마음껏 계절을 누리시어요.

쑥 드림

흐릿한 나를 견디는 법

초판 1쇄 인쇄 2024년 8월 28일
초판 1쇄 발행 2024년 9월 4일

지은이 쑥
펴낸이 이경희

펴낸곳 빅피시
출판등록 2021년 4월 6일 제2021-000115호
주소 서울시 마포구 월드컵북로 402, KGIT 19층 1906호

ⓒ 쑥, 2024
ISBN 979-11-94033-23-3 03810